Hermann Hesse, geboren am 2. Juli 1877 in Calw/Württemberg als Sohn eines baltendeutschen Missionars und der Tochter eines schwäbischen Indologen, 1946 ausgezeichnet mit dem Nobelpreis für Literatur, ist am 9. August 1962 in seiner Wahlheimat Montagnola bei Lugano gestorben. Sein Werk erscheint im Suhrkamp Verlag.

Etwa die Hälfte seines Lebens hatte Hermann Hesse einen eigenen Garten. Ähnlich wie das Malen war die Beschäftigung im Freien für ihn eine erholsame Abwechslung von der Tätigkeit am Schreibtisch. Diese »gärtnerische Scheinarbeit« war, wie er sagte, seine »Zuflucht aus der Welt des Papiers«. Sie war ihm auch behilflich beim Fortspinnen von Phantasiefäden, zur Meditation und Kontemplation.

Wie über alle Erlebnisse und Beobachtungen hat sich Hesse auch über diese Tätigkeit Rechenschaft abgelegt und in Betrachtungen und Gedichten seine Erfahrungen über den praktischen Umgang mit der Natur, das harmonische Zusammenspiel von Zier- und Nutzpflanzen, Blumen, Sträuchern und Bäumen, ihr Werden und Vergehen im Wechsel der Jahreszeiten berichtet. Die schönsten dieser Schilderungen, von der 1908 entstandenen Betrachtung »Im Garten« bis zu der berühmten Hexameter-Idylle »Stunden im Garten«, faßt unser Band mit zahlreichen Fotos und Aquarellen des Dichters erstmals zusammen.

insel taschenbuch 1329

Hermann Hesse

Freude am Garten

Gießkanne vor der »Casa rossa« in Montagnola.
Aquarellierte Federzeichnung des Verfassers, um 1930

Hermann Hesse
Freude am Garten

Betrachtungen, Gedichte
und Fotografien
Mit farbigen Aquarellen des Dichters
Herausgegeben und mit einem
Nachwort versehen von
Volker Michels

Insel Verlag

insel taschenbuch 1329
Erste Auflage 1992
Originalausgabe
Insel Verlag Frankfurt am Main und Leipzig

Vertrieb durch den Suhrkamp Taschenbuch Verlag
Umschlag nach Entwürfen von Willy Fleckhaus
Druck: Konkordia, Bühl, Baden
Printed in Germany

7 8 9 10 – 05 04

Inhalt

Erzählende Texte

Im Garten

Wer einen Garten hat, für den ist es jetzt Zeit, an die vielen Frühlingsarbeiten zu denken. Da geht man nachdenklich durch die schmalen Wegchen zwischen den leeren Beeten, an deren Nordrändern noch ein klein wenig gelber Schnee liegt und die noch gar nicht frühlingshaft aussehen. Auf den Wiesen, an Bachrändern und am Saume der warmen, steilen Weingärten treibt aber schon mancherlei grünes Leben, es stehen auch schon die ersten gelben Mattenblumen mit schüchtern-frohem Lebensmut im Gras und schauen mit offenen Kinderaugen in die stille, erwartungsvolle Welt. Aber im Garten ist außer den Schneeglöckchen noch alles tot; hier bringt der Frühling weniges von selber, und die nackten Beete warten geduldig auf Pflege und Samen.

Die Spaziergänger und Sonntagsnaturfreunde haben es jetzt wieder gut; sie können umhergehen und dem Wunder der Wiederbelebung vergnügt zuschauen. Sie sehen das Wiesengrün mit frohen farbigen Erstlingsblumen bestickt, die Bäume mit harzigen Knospen besetzt, sie schneiden sich Zweige mit silbernen Palmkätzchen ab, um sie daheim ins Zimmer zu stellen, und betrachten alle die Herrlichkeit mit einem behaglichen Erstaunen darüber, wie leicht und selbstverständlich das zugeht, daß alles zur rechten Zeit kommt und treibt und zu blühen beginnt. Sie haben wohl Gedanken, aber keinerlei Sorgen dabei, da sie nur das Gegenwärtige sehen und weder Nachtfröste noch Engerlinge noch Mäuse noch anderen Schaden zu fürchten brauchen.

Die Gartenbesitzer haben es in diesen Tagen nicht so beschaulich. Sie gehen umher und merken, daß manches versäumt ist, was noch im Winter hätte geschehen können; sie besinnen sich, was denn dies Jahr werden soll, sie betrachten mit Sorge die Beete und Bäume, die sich im vorigen Jahr schlecht gehalten haben, überzählen ihre Vorräte an Samen und Knollen, untersuchen auch das Gartenwerkzeug, finden den Spatenstiel abgebrochen und die Baumschere verrostet. – Natürlich geht es nicht allen so. Die Berufsgärtner haben ihre Gedanken auch den ganzen Winter über bei der Arbeit gehabt, und auch manche emsige Liebhaber und kluge Hausfrauen zeigen sich in allem wohlgerüstet. Bei ihnen fehlt kein Gerätstück, ist kein Messer eingerostet, kein Samenpaket feucht gelegen, keine Knolle noch Zwiebel im Keller verfault oder verlorengegangen; auch der ganze Gartenplan fürs neue Jahr ist fertig und durchgedacht, der etwa nötige Dung im voraus bestellt und überhaupt alles musterhaft vorbereitet. Wohl ihnen; sie verdienen Lob und Bewunderung und ihre Gärten werden auch dieses Jahr wieder alle Monate hindurch die unsrigen beschämend überglänzen.

Aber dagegen ist kein Kraut gewachsen. Wir anderen, wir Dilettanten und Faulpelze, wir Träumer und Winterschläfer, sehen uns eben wieder einmal vom Frühling überrascht und betrachten mit Bestürzung, was alles die fleißigeren Nachbarn schon getan haben, während wir ahnungslos in angenehmen Winterträumen lebten. Nun schämen wir uns, es pressiert plötzlich schrecklich, und indem wir dem Versäumten nachlaufen und unsere Scheren schleifen und dringend an die Samenhändler schreiben, gehen schon wieder halbe und ganze Tage ungenützt dahin.

Am Ende sind aber auch wir fertig und greifen zur Arbeit. Die ist nun in den ersten Tagen zwar wieder, wie immer, ahnungsvoll beglückend und erregend, aber auch schwer, und während der erste Schweiß des Jahres an der Stirn quillt und die Stiefel im weichen, schweren Boden einsinken und die Hände am Spatenstiel zu schwellen und weh zu tun beginnen, will uns schon die harmlose, zarte Märzensonne fast ein wenig zu warm vorkommen. Müde und mit schmerzendem Rücken kehren wir nach ein paar sauren Stunden ins Haus zurück, wo uns die Ofenwärme ganz wunderlich fremd und komisch anmutet, und sitzen den Abend bei Lampenlicht über unserem Gartenbuch, das so viele verlockende Dinge und Kapitel enthält, aber auch von so vielen herben und unlustigen Arbeiten erzählt. Immerhin, die Natur ist gütig und es wird am Ende auch im Garten des Bequemen ein Beet voll Spinat, ein Beet voll Lattich, ein wenig Obst und zur Augenweide ein fröhlicher Sommerflor gedeihen.

Beim ersten mühsamen Umgraben des Bodens erscheinen Engerlinge, Käfer, Larven und Gespinste, die wir mit frohem Grimm vertilgen. In vertraulicher Nähe aber singt die Amsel und plaudern die Meisen. Die Sträucher und Bäume haben gut überwintert, ihre braunen Knospen lachen fett und verheißungsvoll, die Rosenstämmlein wanken leise im Winde und nicken in Träumen zukünftiger Herrlichkeit. Mit jeder Stunde wird das alles uns wieder mehr vertraut, wir ahnen überall den Sommer, und wir schütteln den Kopf und begreifen nicht mehr, wie wir den langen dumpfen Winter haben aushalten können. Ist es nicht ein Elend: fünf lange dunkle Monate ohne Garten, ohne Duft, ohne Blumen, ohne grünes Laub! Aber nun beginnt das alles wieder, und wenn auch heute der Garten noch öde liegt, so ist für den, der darin arbeitet, doch alles im Keim und in der Vorstellung schon da. Die Beete haben Leben, hier wird lichtgrüner Lattich stehen, da die lustigen Erbsen, dort die Erdbeeren. Wir ebnen den gegrabenen Boden, ziehen schöne glatte Reihen nach der Schnur, worein die Samen kommen sollen, und in den Blumenrabatten verteilen wir voraussehend die Farben und Formen, häufen Blau und Weiß, schmettern ein lachendes Rot dazwischen, säumen die Pracht hier mit Vergißmeinnicht und dort mit Reseden ein, sparen nicht mit dem leuchtenden Kapuziner und lassen auch, an einen sommerlichen Imbiß und Weintrunk denkend, hier und dort Platz für ein Büschel Radieschen.

Und mit der fortschreitenden Arbeit legen sich die törichten Freudewogen und werden ruhig, und wunderlich ergreift uns dies kleine, harmlose Gartenwesen mit Anklängen und Gedanken anderer Art. Es ist ja etwas von Schöpferlust und Schöpferübermut beim Gartenbau; man kann ein Stückchen Erde nach seinem Kopf und Willen gestalten, man kann sich für den Sommer Lieblingsfrüchte, Lieblingsfarben, Lieblingsdüfte schaffen. Man kann ein kleines Beet, ein paar Quadratmeter nackten Bodens zu einem Gewoge von Farben, zu einem Augentrost und Paradiesgärtlein machen. Allein es hat doch seine engen Grenzen. Schließlich muß man mit allen Gelüsten und aller Phantasie doch wollen, was die Natur will, und muß sie machen und sorgen lassen. Und die Natur ist unerbittlich. Sie läßt sich etwas abschmeicheln, läßt sich scheinbar einmal überlisten, aber nachher fordert sie desto strenger ihr Recht.

Man kann als Lustgärtner in den paar allzu kurzen warmen Monaten viel beobachten. Wenn man will und dazu veranlagt ist, sieht man nichts als Fröhliches: Überschwang der Erdkraft im Zeugen und Bilden, Spiellaune und Phantasie der Natur in Gebilden und Farben, lustiges Kleinleben mit manchen Anklängen ans Menschliche, denn es gibt auch unter den Gewächsen gute und schlechte Haushalter, Sparer und Verschwender, stolz Genügsame und Schmarotzer. Es gibt Pflanzen, deren Art und Leben philiströs und hausbacken ist, und andere, die es recht wie Herren und Genießer treiben; es gibt unter ihnen gute Nachbarn und schlimme, Freundschaften und Abneigungen. Es gibt Gewächse, die treiben und leben und sterben wild und zügellos und ohne Maß, und es gibt arme Benachteiligte, die hungern sich kümmerlich durch ein blasses und schweres Dasein. Manche zeugen, vermehren sich und wuchern mit einer fabelhaften Üppigkeit, anderen muß man die Nachkommenschaft mühsam entlocken.

Erstaunlich und bedenklich ist mir immer die ungeheure Schnelligkeit und Hast, mit welcher so ein Gartensommer kommt und geht. Ein paar Monate – und in dieser kurzen Zeit wachsen, brüsten sich, leben, welken und sterben in den Beeten die Geschlechter. Kaum ist so ein Beet voll junger Kräutchen gepflanzt, begossen, gedüngt, da treibt es schon und wächst und tut groß mit seinem vergänglichen Gedeihen – und kaum, daß der Mond zwei-, dreimal wechselt, da ist die junge Pflanzung schon alt und hat ihren Zweck erfüllt, wird ausgerottet und muß neuem Leben Platz machen. Bei keiner Beschäftigung und bei keinem Nichtstun geht ein Sommer so erschreckend rasch und eilig dahin wie beim Gärtnern.

Und dann ist in einem Garten der enge Kreislauf alles Lebens noch enger und deutlicher und einleuchtender zu sehen als irgendwo sonst. Kaum hat das Gartenjahr begonnen, so gibt es auch schon Abfälle, Leichen, abgeschnittene Triebe, gestutzte Stengel, erstickte oder sonst umgekommene Pflanzen, und jede Woche werden es mehr. Sie kommen alle, zusammen mit dem Küchenabfall, mit Äpfel-, Zitronen- und Eierschalen und allerlei Kehricht auf den Dunghaufen; ihr Welken und Vergehen und Verwesen ist nicht gleichgültig, es wird bewacht und nichts wird weggeworfen. Sonne, Regen, Nebel, Luft, Kälte zersetzen den unschönen Haufen, den der Gärtner sorgfältig bewahrt, und kaum ist wieder ein Jahr um und ein Gartensommer verblüht, so sind alle die Leichen schon verwest und kommen wieder in den Boden, den sie fett und schwarz und fruchtbar machen müssen, und es geht wieder nicht lange, so steigen aus dem trüben Schutt und Tod von neuem Keime und Sprossen, so kehrt das Faule und Aufgelöste mit Macht in neuen, schönen, farbigen Gestalten wieder. Und der ganze, einfache und sichere Kreislauf, der dem Menschen so viel und schwer zu denken gibt und an dem alle Religionen ahnungsvoll verehrend deuten, geht in jedem kleinen Gärtchen so still und rasch und deutlich vor sich. Kein Sommer, der sich nicht vom Tode des vorigen nährt. Und kein Gewächs, das nicht ebenso still und sicher zu Erde wird, wie es aus Erde zur Pflanze ward.

In meinem kleinen Garten säe ich mit froher Frühlingserwartung Bohnen und Salat, Reseden und Kressen, und dünge sie mit den Resten ihrer Vorgänger, denke an diese zurück und an die kommenden Pflanzengeschlechter voraus. Wie jedermann nehme ich diesen wohlgeordneten Kreislauf hin als eine selbstverständliche und im Grunde innig schöne Sache; und nur zuweilen kommt es mir im Säen und Ernten für Augenblicke in den Sinn, wie merkwürdig es doch ist, daß von allen Geschöpfen der Erde nur allein wir Menschen an diesem Lauf der Dinge etwas auszusetzen haben und mit der Unsterblichkeit aller Dinge nicht zufrieden sind, sondern für uns eine persönliche, eigene, besondere haben wollen.

[1908]

Mit seinem Sohn Bruno, um 1909 im Gaienhofener Garten

September

Der Garten trauert,
Kühl sinkt in die Blumen der Regen.
Der Sommer schauert
Still seinem Ende entgegen.

Golden tropft Blatt um Blatt
Nieder vom hohen Akazienbaum.
Sommer lächelt erstaunt und matt
In den sterbenden Gartentraum.

Lange noch bei den Rosen
Bleibt er stehen, sehnt sich nach Ruh.
Langsam tut er die großen,
Müdgewordenen Augen zu.

Garten der Kindheit

Eines Morgens verließ ich unser Haus und ging meinem Vergnügen nach, ein Buch und ein Stück Brot in der Tasche. Wie ich es in der Bubenzeit gewohnt gewesen war, lief ich zuerst hinters Haus in den Garten, der noch im Schatten lag. Die Tannen, die mein Vater gepflanzt und die ich selber noch ganz jung und stangendünn gekannt hatte, standen hoch und stämmig, unter ihnen lagen hellbraune Nadelhaufen, und es wollte dort seit Jahren nichts mehr wachsen als Immergrün. Daneben aber in einer langen, schmalen Rabatte standen die Blumenstauden meiner Mutter, die leuchteten reich und fröhlich, und es wurden von ihnen auf jeden Sonntag große Sträuße gepflückt. Da war ein Gewächs mit zinnoberroten Bündeln kleiner Blüten, das hieß brennende Liebe, und eine zarte Staude trug an dünnen Stengeln hängend viele herzförmige rote und weiße Blumen, die nannte man Frauenherzen, und ein anderer Strauch hieß die stinkende Hoffart. Nahebei standen hochstielige Astern, welche aber noch nicht zur Blüte gekommen waren, und dazwischen kroch am Boden mit weichen Stacheln die fette Hauswurz und der drollige Portulak, und dieses lange schmale Beet war unser Liebling und unser Traumgarten, weil da so vielerlei seltsame Blumen beieinander standen, welche uns merkwürdiger und lieber waren als alle Rosen in den beiden runden Beeten. Wenn hier die Sonne schien und auf der Efeumauer glänzte, dann hatte jede Staude ihre ganz eigene Art und Schönheit, die Gladiolen prahlten fett mit grellen Farben, der Heliotrop stand blau und wie verzaubert in seinen schmerzlichen Duft versunken, der Fuchsschwanz hing ergeben welkend herab, die Akelei aber stellte sich auf die Zehen und läutete mit ihren vierfältigen Sommerglocken. An den Goldruten und im blauen

Phlox schwärmten laut die Bienen, und über dem dicken Efeu rannten kleine braune Spinnen heftig hin und wider; über den Levkojen zitterten in der Luft jene raschen, launisch schwirrenden Schmetterlinge mit dicken Leibern und gläsernen Flügeln, die man Schwärmer oder Taubenschwänze heißt.

In meinem Feiertagsbehagen ging ich von einer Blume zur andern, roch da und dort an einer duftenden Dolde oder tat mit vorsichtigem Finger einen Blütenkelch auf, um hineinzuschauen und die geheimnisvollen bleichfarbenen Abgründe und die stille Ordnung von Adern und Stempeln, von weichhaarigen Fäden und kristallenen Rinnen zu betrachten. Dazwischen studierte ich den wolkigen Morgenhimmel, wo ein sonderbar verwirrtes Durcheinander von streifigen Dunstfäden und wollig flockigen Wölkchen herrschte ...

Verwundert und in einer stillen Beklemmung blickte ich in dem wohlbekannten Bezirk meiner Knabenfreuden umher. Der kleine Garten, die blumengeschmückte Altane und der feuchte sonnenlose Hof mit seinem moosgrünen Pflaster sahen mich an und hatten ein anderes Gesicht als früher, und sogar die Blumen hatten etwas von ihrem unerschöpflichen Zauber eingebüßt. Schlicht und langweilig stand in der Gartenecke das alte Wasserfaß mit der Leitungsröhre; da hatte ich früher zu meines Vaters Pein halbe Tage lang das Wasser laufen lassen und hölzerne Mühlräder eingespannt, ich hatte auf dem Wege Dämme gebaut und Kanäle und mächtige Überschwemmungen veranstaltet. Das verwitterte Wasserfaß war mir ein treuer Liebling und Zeitvertreiber gewesen, und indem ich es ansah, zuckte sogar ein Nachhall jener Kinderwonne in mir auf, allein sie schmeckte traurig, und das Faß war kein Quell, kein Strom und kein Niagara mehr.

Nachdenklich kletterte ich über den Zaun, eine blaue Windenblüte streifte mir das Gesicht, ich riß sie ab und steckte sie in den Mund. Ich war nun entschlossen, einen Spaziergang zu machen und vom Berg herunter auf unsere Stadt zu sehen. Spazierengehen war auch so ein halbfrohes Unternehmen, das mir in früheren Zeiten niemals in den Sinn gekommen wäre. Ein Knabe geht nicht spazieren. Er geht in den Wald als Räuber, als Ritter oder Indianer, er geht an den Fluß als Flößer und Fischer oder Mühlenbauer, er läuft in die Wiesen zur Schmetterlings- und Eidechsenjagd. Und so erschien mir mein Spaziergang als das würdige und etwas langweilige Tun eines Erwachsenen, der nicht recht weiß, was er mit sich anzufangen hat.

Meine blaue Winde war bald welk und weggeworfen, und ich nagte jetzt an einem Buchsbaumzweig, den ich mir abgerissen hatte, er schmeckte bitter und würzig. Beim Bahndamm, wo der hohe Ginster stand, lief mir eine grüne Eidechse vor den Füßen weg, da wachte doch das Knabentum wieder in mir auf, und ich ruhte nicht und lief und schlich und lauerte, bis ich das ängstliche Tier sonnenwarm in meinen Händen hielt. Ich sah ihm in die blanken kleinen Edelsteinaugen und fühlte mit einem Nachhall ehemaliger Jagdseligkeit den geschmeidigen kräftigen Leib und die harten Beine zwischen meinen Fingern sich wehren und stemmen. Dann aber war die Lust erschöpft, und ich wußte nimmer, was ich mit dem gefangenen Tier beginnen sollte. Es war nichts damit, es war kein Glück mehr dabei. Ich bückte mich nieder und öffnete meine Hand, die Eidechse hielt verwundert einen Augenblick mit heftig atmenden Flanken still und verschwand eifrig im Grase. Ein Zug fuhr auf den glänzenden Eisenschienen daher und an mir vorbei, ich sah ihm nach und fühlte einen Augenblick ganz klar, daß mir hier keine wahre Lust mehr blühen könne, und wünschte inbrünstig, mit diesem Zuge fort und in die Welt zu fahren. [1913]

Jugendgarten

Meine Jugend war ein Gartenland,
Silberbrunnen sprangen in den Matten,
Alter Bäume märchenblaue Schatten
Kühlten meiner frechen Träume Brand.

Dürstend geh ich nun auf heißen Wegen
Und verschlossen liegt mein Jugendland,
Rosen nicken übern Mauerrand
Spöttisch meiner Wanderschaft entgegen.

Und indes mir fern und ferner singt
Meines kühlen Gartens Wipfelrauschen,
Muß ich inniger und tiefer lauschen,
Wie es schöner noch als damals klingt.

Die Innenwelt der Außenwelt

Schon als kleines Kind hatte ich je und je den Hang gehabt, bizarre Formen der Natur anzuschauen, nicht beobachtend, sondern ihrem eigenen Zauber, ihrer krausen, tiefen Sprache hingegeben. Lange, verholzte Baumwurzeln, farbige Adern im Gestein, Flecken von Öl, das auf Wasser schwimmt, Sprünge im Glas – alle ähnlichen Dinge hatten zuzeiten großen Zauber für mich gehabt, vor allem auch das Wasser und das Feuer, der Rauch, die Wolken, der Staub, und ganz besonders die kreisenden Farbflecke, die ich sah, wenn ich die Augen schloß. ... Das Betrachten solcher Gebilde, das Sichhingeben an irrationale, krause, seltsame Formen der Natur erzeugt in uns ein Gefühl von der Übereinstimmung unseres Innern mit dem Willen, der diese Gebilde werden ließ – wir spüren bald die Versuchung, sie für unsere eigenen Launen, für unsere eigenen Schöpfungen zu halten – wir sehen die Grenze zwischen uns und der Natur zittern und zerfließen und lernen die Stimmung kennen, in der wir nicht wissen, ob die Bilder auf unserer Netzhaut von äußeren Eindrücken stammen oder von inneren. Nirgends so einfach und leicht wie bei dieser Übung machen wir die Entdeckung, wie sehr wir Schöpfer sind, wie sehr unsere Seele immerzu teilhat an der beständigen Erschaffung der Welt. Vielmehr ist es dieselbe unteilbare Gottheit, die in uns und die in der Natur tätig ist, und wenn die äußere Welt unterginge, so wäre einer von uns fähig, sie wieder aufzubauen, denn Berg und Strom, Baum und Blatt, Wurzel und Blüte, alles Gebildete in der Natur liegt in uns vorgebildet, stammt aus der Seele, deren Wesen Ewigkeit ist, deren Wesen wir nicht kennen, das sich uns aber zumeist als Liebeskraft und Schöpferkraft zu fühlen gibt.

Meinem Bruder

Wenn wir jetzt die Heimat wieder sehen,
Gehen wir bezaubert durch die Stuben,
Bleiben lang im alten Garten stehen,
Wo wir einst gespielt als wilde Buben.

Und von jenen Herrlichkeiten allen,
Die wir draußen in der Welt erbeutet,
Will uns keine freun mehr und gefallen,
Wenn daheim die Kirchenglocke läutet.

Stille gehen wir die alten Wege
Durch das grüne Land der Kindertage,
Und sie werden uns im Herzen rege
Fremd und groß wie eine schöne Sage.

Ach, und alles, was auf uns mag warten,
Wird den reinen Glanz doch nicht mehr haben
Wie vorzeiten, da wir noch als Knaben
Falter fingen, jeden Tag im Garten.

Am Bodensee

Einen eigenen Garten hatte ich noch nie gehabt, und aus meinen ländlichen Grundsätzen ergab sich von selbst, daß ich ihn selber anlegen, bepflanzen und pflegen mußte, und das habe ich denn auch manche Jahre lang getan. Ich baute im Garten einen Schuppen für das Brennholz und das Gartengerät, ich steckte gemeinsam mit einem mich beratenden Bauernsohn Wege und Beete ab, pflanzte Bäume, Kastanien, eine Linde, eine Katalpe, eine Buchenhecke und eine Menge von Beerensträuchern und schönen Obstbäumen. Die Obstbäumchen wurden im Winter von den Hasen und Rehen abgenagt und zerstört, alles andre gedieh recht schön, und wir hatten damals die Erdbeeren und Himbeeren, den Blumenkohl, die Erbsen und den Salat im Überfluß. Daneben legte ich eine Dahlienzucht an, und eine lange Allee, wo zu beiden Seiten des Weges einige hundert Sonnenblumen von exemplarischer Größe wuchsen und zu ihren Füßen viele Tausende von Kapuzinern in allen Tönen von Rot und Gelb. Mindestens zehn Jahre lang habe ich, in Gaienhofen und in Bern, allein und eigenhändig meine Gemüse und Blumen gepflanzt, meine Beete gedüngt und begossen, die Wege von Unkraut befreit, habe all unser vieles Brennholz selber gesägt und gespalten. Es war schön und lehrreich, und wurde doch am Ende zu einer schweren Sklaverei. Das Bauernspielen war hübsch, solang es ein Spiel war: als es sich zur Gewohnheit und Pflicht ausgewachsen hatte, war die Freude daran vorüber...

Wie sehr übrigens unsere Seele das Bild der Umwelt bearbeitet, verfälscht oder vielmehr korrigiert, und wie sehr die Erinnerungsbilder unseres Lebens von innen her beeinflußt werden, das zeigt mir meine Erinnerung an das zweite Gaienhofener Haus beschämend deutlich. Ich habe vom Garten dieses Hauses heute noch die genaueste Vorstellung, und im Hause selbst sehe ich mein Studierzimmer und dessen geräumigen Balkon deutlich mit allen Einzelheiten, ich könnte noch von jedem Buch die Stelle nennen, die es einnahm. Dagegen ist meine Vorstellung von den übrigen Räumen schon heute, zwanzig Jahre nachdem ich das Haus verlassen, merkwürdig unscharf geworden.

[1931]

Leben einer Blume

Aus grünem Blattkreis kinderhaft beklommen
Blickt sie um sich und wagt es kaum zu schauen,
Fühlt sich von Wogen Lichtes aufgenommen,
Spürt Tag und Sommer unbegreiflich blauen.

Es wirbt um sie das Licht, der Wind, der Falter,
Im ersten Lächeln öffnet sie dem Leben
Ihr banges Herz und lernt, sich hinzugeben
Der Träumefolge kurzer Lebensalter.

Jetzt lacht sie voll, und ihre Farben brennen,
An den Gefäßen schwillt der goldne Staub,
Sie lernt den Brand des schwülen Mittags kennen
Und neigt am Abend sich erschöpft ins Laub.

Es gleicht ihr Rand dem reifen Frauenmunde,
Um dessen Linien Altersahnung zittert;
Heiß blüht ihr Lachen auf, an dessen Grunde
Schon Sättigung und bittre Neige wittert.

Nun schrumpfen auch, nun fasern sich und hangen
Die Blättchen müde überm Samenschoße.
Die Farben bleichen geisterhaft: das große
Geheimnis hält die Sterbende umfangen.

Blumen nach einem Unwetter

Geschwisterlich, und alle gleichgerichtet,
Stehn die gebückten, tropfenden im Wind,
Bang und verschüchtert noch und regenblind,
Und manche schwache brach und liegt vernichtet.

Sie heben langsam, noch betäubt und zagend,
Die Köpfe wieder ins geliebte Licht,
Geschwisterlich, ein erstes Lächeln wagend:
Wir sind noch da, der Feind verschlang uns nicht.

Mich mahnt der Anblick an so viele Stunden,
Da ich betäubt, in dunklem Lebenstriebe,
Aus Nacht und Elend mich zurück gefunden
Zum holden Lichte, das ich dankbar liebe.

Auch die Blumen

Auch die Blumen leiden den Tod,
Die doch ohne Schuld sind.
So auch ist unser Wesen rein
Und leidet nur Schmerz,
Wo es sich selber nicht mag verstehn.
Was wir Schuld genannt,
Ist von der Sonne aufgesogen,
Kommt längst aus reinen Kelchen der Blumen
Uns entgegen als Duft und rührender Kinderblick.

Und wie die Blumen sterben,
So sterben auch wir
Nur den Tod der Erlösung,
Nur den Tod der Wiedergeburt.

Enzianblüte

Du stehst von Sommerfreude trunken
Im seligen Licht und atmest kaum,
Der Himmel scheint in deinen Kelch versunken,
Die Lüfte wehn in deinem Flaum.

Und wenn sie alle Schuld und Pein
Von meiner Seele könnten wehen,
So dürft ich wohl dein Bruder sein
Und stille Tage bei dir stehen.

So wäre meinen Weltenfahrten
Ein selig leichtes Ziel ersehn,
Gleich dir durch Gottes Träumegarten
Als blauer Sommertraum zu gehn.

Weiße Rose in der Dämmerung

Traurig lehnst du dein Gesicht
Übers Laub, dem Tod ergeben,
Atmest geisterhaftes Licht,
Lässest bleiche Träume schweben.

Aber innig wie Gesang
Weht im letzten leisen Schimmer
Noch den ganzen Abend lang
Dein geliebter Duft durchs Zimmer.

Deine kleine Seele wirbt
Ängstlich um das Namenlose,
Und sie lächelt, und sie stirbt
Mir am Herzen, Schwester Rose.

Nelke

Rote Nelke blüht im Garten,
Läßt verliebte Düfte glühen,
Will nicht schlafen, will nicht warten,
Einen Trieb nur hat die Nelke:
Rascher, heißer, wilder blühen!

Eine Flamme seh ich prangen,
Wind in ihre Röte rennen,
Und sie zittert vor Verlangen,
Einen Trieb nur hat die Flamme:
Rascher, rascher zu verbrennen!

Du in meinem Blute innen,
Liebe du, was soll dein Träumen?
Willst ja nicht in Tropfen rinnen,
Willst in Strömen, willst in Fluten
Dich vergeuden, dich verschäumen!

Düfte

Der Duft des Hyazinth

ist zu schwer, dem Wind zu folgen,
steigt in honigsüßen Wolken
süß und schläfernd dem Betäubten
wie ein weicher Traum zu Häupten.

Der Duft der Nelken

lodert auf in heißen Prächten
wie des Windes Hin und Wieder
in verträumten Sommernächten
Takte trägt gesungener Lieder,
kommt und glüht und geht von hinnen
in der heißen Luft und läßt
wie ein rasch verlohtes Fest
dir zurück ein schmerzlich Sinnen.

Der Duft des Veilchens

schwingt sich zart und lustbeklommen
über licht begrünte Hecken,
lockt dich, läßt dich näher kommen,
spielt ein schelmisches Verstecken,
löst in deiner Seele leise
eine langeher vergeßene,

Osterglocken. Aquarell von Hermann Hesse

süße, dennoch unermeßene
heimatliche Liebesweise.

Den Duft der Reseden

mußt du mit geschloßnen Augen
aus der schlichten Blüte saugen;
heimlich wird er dann im Innern
dich der Heimat stets erinnern.

Der Duft des Jasmin

streift nächtelang die Gartensäume,
mit fremdbekanntem Reiz berückend,
auf blasse Schläferstirnen drückend
den schwülen Kranz verliebter Träume.

Der Duft der Narzissen

ist herb im Grund und dennoch zart,
wenn er mit Erdgeruch gepaart,
vom lauen Mittagswind gefaßt,
durch's Fenster kommt als stiller Gast.

Ich habe drüber nachgedacht –
das ist's, was ihn so köstlich macht:
daß er der Erstling jedes Jahr
im Garten meiner Mutter war.

Der Duft der Rose

nimmt dich in einen süßen Bann,
rührt dich liebkosend leise
wie eine Liederweise
mit Ahnung voller Schönheit an,
ist ohne Gleichnis rein und zart:
du kannst es nicht ermessen,
fühlst nur ein süß Vergessen
und eine süße Gegenwart.

Der Duft des Heliotrop

trägt ein dunkel wunderbares
Locken wie das feuchte Glänzen
prachtvoll nach erregten Tänzen
aufgelösten Frauenhaares.

Tulpen und Osterglocken.
Aquarell Hesses vom Mai 1928

Die ersten Blumen

Neben dem Bach
Den roten Weiden nach
Haben in diesen Tagen
Gelbe Blumen viel
Ihre Goldaugen aufgeschlagen.
Und mir, der längst aus der Unschuld fiel,
Rührt sich Erinnerung im Grunde
An meines Lebens goldene Morgenstunde
Und sieht mich hell aus Blumenaugen an.
Ich wollte Blumen brechen gehn;
Nun laß ich sie alle stehn
Und gehe heim, ein alter Mann.

Im Grase liegend

Ist dies nun alles, Blumengaukelspiel
Und Farbenflaum der lichten Sommerwiese,
Zartblau gespannter Himmel, Bienensang,
Ist dies nun alles eines Gottes
Stöhnender Traum,
Schrei unbewußter Kräfte nach Erlösung?
Des Berges ferne Linie,
Die schön und kühn im Blauen ruht,
Ist denn auch sie nur Krampf,
Nur wilde Spannung gärender Natur,
Nur Weh, nur Qual, nur sinnlos tastende,
Nie rastende, nie selige Bewegung?
Ach nein! Verlaß mich du, unholder Traum
Vom Leid der Welt!
Dich wiegt ein Mückentanz im Abendglast,
Dich wiegt ein Vogelruf,
Ein Windhauch auf, der mir die Stirn
Mit Schmeicheln kühlt.
Verlaß mich du, uraltes Menschenweh!
Mag alles Qual,
Mag alles Leid und Schatten sein –
Doch diese eine süße Sonnenstunde nicht,
Und nicht der Duft vom roten Klee,
Und nicht das tiefe, zarte Wohlgefühl
In meiner Seele.

Blauer Schmetterling

Flügelt ein kleiner blauer
Falter vom Wind geweht,
Ein perlmutterner Schauer,
Glitzert, flimmert, vergeht.

So mit Augenblicksblinken,
So im Vorüberwehn
Sah ich das Glück mir winken,
Glitzern, flimmern, vergehn.

Illustrierte Gedichthandschrift Hermann Hesses, um 1950

Bäume

Bäume sind für mich immer die eindringlichsten Prediger gewesen. Ich verehre sie, wenn sie in Völkern und Familien leben, in Wäldern und Hainen. Und noch mehr verehre ich sie, wenn sie einzeln stehen. Sie sind wie Einsame. Nicht wie Einsiedler, welche aus irgendeiner Schwäche sich davongestohlen haben, sondern wie große, vereinsamte Menschen, wie Beethoven und Nietzsche. In ihren Wipfeln rauscht die Welt, ihre Wurzeln ruhen im Unendlichen; allein sie verlieren sich nicht darin, sondern erstreben mit aller Kraft ihres Lebens nur das Eine: ihr eigenes, in ihnen wohnendes Gesetz zu erfüllen, ihre eigene Gestalt auszubauen, sich selbst darzustellen. Nichts ist heiliger, nichts ist vorbildlicher als ein schöner, starker Baum. Wenn ein Baum umgesägt worden ist und seine nackte Todeswunde der Sonne zeigt, dann kann man auf der lichten Scheibe seines Stumpfes und Grabmals seine ganze Geschichte lesen: in den Jahresringen und Verwachsungen steht aller Kampf, alles Leid, alle Krankheit, alles Glück und Gedeihen treu geschrieben, schmale Jahre und üppige Jahre, überstandene Angriffe, überdauerte Stürme. Und jeder Bauernjunge weiß, daß das härteste und edelste Holz die engsten Ringe hat, daß hoch auf Bergen und in immerwährender Gefahr die unzerstörbarsten, kraftvollsten, vorbildlichsten Stämme wachsen.

Bäume sind Heiligtümer. Wer mit ihnen zu sprechen, wer ihnen zuzuhören weiß, der erfährt die Wahrheit. Sie predigen nicht Lehren und Rezepte, sie predigen, um das Einzelne unbekümmert, das Urgesetz des Lebens.

Ein Baum spricht: In mir ist ein Kern, ein Funke, ein Gedanke verborgen, ich bin Leben vom ewigen Leben. Einmalig ist der

Versuch und Wurf, den die ewige Mutter mit mir gewagt hat, einmalig ist meine Gestalt und das Geäder meiner Haut, einmalig das kleinste Blätterspiel meines Wipfels und die kleinste Narbe meiner Rinde. Mein Amt ist, im ausgeprägten Einmaligen das Ewige zu gestalten und zu zeigen.

Ein Baum spricht: Meine Kraft ist das Vertrauen. Ich weiß nichts von meinen Vätern, ich weiß nichts von den tausend Kindern, die in jedem Jahr aus mir entstehen. Ich lebe das Geheimnis meines Samens zu Ende, nichts andres ist meine Sorge. Ich vertraue, daß Gott in mir ist. Ich vertraue, daß meine Aufgabe heilig ist. Aus diesem Vertrauen lebe ich.

Wenn wir traurig sind und das Leben nicht mehr gut ertragen können, dann kann ein Baum zu uns sprechen: Sei still! Sei still! Sieh mich an! Leben ist nicht leicht, Leben ist nicht schwer. Das sind Kindergedanken. Laß Gott in dir reden, so schweigen sie. Du bangst, weil dich dein Weg von der Mutter und Heimat wegführt. Aber jeder Schritt und Tag führt dich neu der Mutter entgegen. Heimat ist nicht da oder dort. Heimat ist in dir innen, oder nirgends.

Wandersehnsucht reißt mir am Herzen, wenn ich Bäume höre, die abends im Wind rauschen. Hört man still und lange zu, so zeigt auch die Wandersehnsucht ihren Kern und Sinn. Sie ist nicht Fortlaufenwollen vor dem Leide, wie es schien. Sie ist Sehnsucht nach Heimat, nach Gedächtnis der Mutter, nach neuen Gleichnissen des Lebens. Sie führt nach Hause. Jeder Weg führt nach Hause, jeder Schritt ist Geburt, jeder Schritt ist Tod, jedes Grab ist Mutter.

So rauscht der Baum im Abend, wenn wir Angst vor unseren eigenen Kindergedanken haben. Bäume haben lange Gedanken, langatmige und ruhige, wie sie ein längeres Leben haben als wir. Sie sind weiser als wir, solange wir nicht auf sie hören. Aber wenn wir gelernt haben, die Bäume anzuhören, dann gewinnt gerade die Kürze und Schnelligkeit und Kinderhast unserer Gedanken eine Freudigkeit ohnegleichen. Wer gelernt hat, Bäumen zuzuhören, begehrt nicht mehr, ein Baum zu sein. Er begehrt nichts zu sein, als was er ist. Das ist Heimat. Das ist Glück.

[1918]

Gestutzte Eiche

Wie haben sie dich, Baum, verschnitten,
Wie stehst du fremd und sonderbar!
Wie hast du hundertmal gelitten,
Bis nichts in dir als Trotz und Wille war!
Ich bin wie du, mit dem verschnittnen,
Gequälten Leben brach ich nicht
Und tauche täglich aus durchlittnen
Roheiten neu die Stirn ins Licht.
Was in mir weich und zart gewesen,
Hat mir die Welt zu Tod gehöhnt,
Doch unzerstörbar ist mein Wesen,
Ich bin zufrieden, bin versöhnt,
Geduldig neue Blätter treib ich
Aus Ästen hundertmal zerspellt,
Und allem Weh zu Trotze bleib ich
Verliebt in die verrückte Welt.

Abschied vom Bodensee

Es gibt nichts Häßlicheres als das Verlassen eines Hauses, in dem man jahrlang gewohnt und gearbeitet hat...

Verdrossen gehst du durch die Stuben, die so scheußlich leer stehen und in denen deine Schritte ungewohnt widerhallen, und hast immerfort das Gefühl, du seiest nun zum letztenmal hier drinnen und es müsse irgendein schöner und feierlicher Abschied stattfinden; aber nichts klingt in dir, nichts als Überdruß und der sehnliche Wunsch, du möchtest schon weit fort und alles vorüber sein.

So ging es auch mir, als ich mein Häuschen am Bodensee ausräumte. Ich floh schließlich in den Garten. Auf dem zertretenen Sandhaufen der Kinder standen Kisten und eingenähte Möbel, jenseits der beschädigten Buchenhecke wartete grau und drohend der Möbelwagen. Ich ging die Hecke entlang, die ich vor fünf Jahren gepflanzt hatte, zum Holzschuppen. Da lag wenigstens noch ein Vorrat Holz, den ich gesägt und gespalten hatte, aber Beil und Axt, Säge und Schaufel, Spaten und Rechen waren alle schon weggeräumt, und vorn auf dem Sandweg, den ich in der letzten Zeit vernachlässigt hatte, wuchs Gras. Daneben standen aber in zwei langen, stolzen Reihen meine roten Malven, eine mächtige Allee, die ich alle aus Samen gezogen hatte und aus deren Samen ich mir eine ähnliche Pflanzung am neuen Wohnort zu ziehen gedachte. An den schweren Sonnenblumen hingen die Meisen und pickten Körner, an den Stauden hingen späte, blutrote Himbeeren, die Jungfernreben an der nördlichen Hauswand begannen auch schon purpurn zu glühen. Auf einem vergrasten Weglein zwischen den Gemüsebeeten fand ich im wehmütigen Schlendern einen Gummiball und ein zerbrochenes

Holzpferdchen liegen, von den Kindern. Die waren nun schon seit Tagen fort und hatten die alte erste Heimat über dem Warten auf die neue schon vergessen. Hier hatte der älteste Bub mir beim Säen und Gießen der Gemüse geholfen, dort lag sein eigenes kleines Gärtchen mit Sonnenblumen und Dahlien.

Und jenseits der Hecke schlief in seinem Herbstgrau das stille Land und der See, auf den ich nun manche Jahre lang zu allen Jahreszeiten und bei jedem Tun den Blick gehabt habe. In der Ferne stand klein und schattenhaft der Konstanzer Münsterturm, nahe gegenüber der graue, kühne Turmhof von Steckborn, über der Reichenau hing Regennebel, und ringsum war kein Ort, den ich nicht tausendmal gesehen hatte und dessen Bild mir nicht mit tausend kleinen Erlebnissen verbunden war...

Ausziehen ist kein Vergnügen, es ist sogar scheußlich. Aber die Dinge haben zwei Gesichter, und so widerwärtig das Ausräumen ist, so hübsch und amüsant scheint mir das Einziehen. Zwischen Handwerkern und Arbeitern traf ich meine Frau am Werk; man war so weit, daß im Hause zur Not geschlafen und gegessen werden konnte. Und so begannen wir das Einräumen. Ein altes Berner Landhaus, weit vor der Stadt in den Feldern gelegen, mit einem streng symmetrisch angelegten alten Garten, einem laufenden Brunnen, Hunden und Vieh, einem Wäldchen von Ahornen, Eichen und Buchen...

Da wird nun rumort und gearbeitet, gemessen und ausprobiert, und alles, was man tut, ist vergnüglich und macht Spaß, weil es provisorisch ist und zu nichts verpflichtet, und überall, wo man etwas fertig gerückt, gestellt, gespannt und geklopft hat, sagt man dazu: »Fürs erste ist's gut, später kann man ja immer noch ändern.«...

In einer Pause geht man dann einmal auf die Veranda, die von einem alten Glyzinenbaum über und über eingewachsen ist, und späht, ob vielleicht das Wetter hell werde, daß man die Berge sieht. Oder man schaut in den verwilderten Garten und überlegt ein wenig, was sich bei gutem Willen daraus machen ließe, man findet Obst unter den Bäumen und späte Blumen in den Rabatten, verwildertes Erdbeergeschlinge mit verspäteten kleinen Früchten und Kastanien, die blankbraun aus geborstenen Hülsen leuchten. Man denkt sich ein fleißiges und verträgliches Leben und hat Lust zu guten Vorsätzen. [1912]

Das Haus am Melchenbühlweg bei Bern, oberhalb von Schloß Wittigkofen, war nun eigentlich in jeder Hinsicht die Verwirklichung unsrer alten, seit den Basler Zeiten mehr und mehr befestigten Vorstellung von einem idealen Hause für Leute von unsrer Art. Es war ein Landhaus im Berner Stil mit dem runden Berner Giebel, der an diesem Haus durch seine starke Unregelmäßigkeit etwas besonders Gewinnendes an sich hatte, ein Haus, das aufs angenehmste und in einer wie für uns eigens ausgesuchten Mischung bäuerliche und herrschaftliche Merkmale vereinigte, halb primitiv, halb vornehm-patrizisch, ein Haus aus dem siebzehnten Jahrhundert, mit Anbauten und Einbauten aus der Empirezeit, inmitten ehrwürdiger uralter Bäume, von einer riesigen Ulme ganz überschattet, ein Haus voll wunderlicher Winkel und Versponnenheiten, manchmal behaglicher, manchmal spukhafter Art. Es gehörte dazu ein großes Stück Bauernland mit Bauernhaus, die waren an einen Pächter vergeben, von welchem wir die Milch fürs Haus und den Mist für den Garten bekamen. Zu unsrem Garten, der gegen Süden vom Hause abwärts streng symmetrisch mit Steintreppen in zwei Terrassen angelegt war, gehörten schöne Obstbäume und gehörte auch noch, zweihundert Schritt etwa vom Wohnhaus entfernt, ein sogenanntes »Boskett«, ein Wäldchen aus ein paar Dutzend alten Bäumen, darunter herrlichen Buchen, das auf einem kleinen Hügel lag und die Gegend beherrschte. Hinter dem Hause rauschte ein hübscher steinerner Brunnen, die große Veranda nach Süden war von einer riesigen Glyzine umwachsen, von dort blickte man über die Nachbarschaft und viele Waldhügel auf die Berge, deren Kette man vom Thuner Vorberggebiet bis zum Wetterhorn alle sah, die großen Berge der Jungfraugruppe in der Mitte. Haus und Garten sind ziemlich ähnlich geschildert in meinem Romanfragment »Das Haus der Träume«, und der Titel dieser unvollendeten Dichtung ist eine Erinnerung an meinen Freund Albert Welti, der eins seiner merkwürdigen Bilder so genannt hatte. Und innen in diesem Hause gab es mancherlei interessante und schätzenswerte Dinge: hübsche alte Kachelöfen und Möbel und Beschläge, elegante französische Pendülen unter Glasglocken, alte hohe Spiegel mit grünlichem Glas, in dem man wie ein Ahnenbild aussah, ein marmorner Kamin, in dem ich an jedem Herbstabend Feuer brannte.

Endlich, ... im Frühling 1919 ..., verließ ich das verzauberte Haus in Bern, in dem ich nun beinahe sieben Jahre gewohnt hatte ... Ich fuhr nach Lugano, saß einige Wochen in Sorengo und suchte, dann fand ich in Montagnola die Casa Camuzzi, und zog dort im Mai 1919 ein. Aus Bern ließ ich nur meinen Schreibtisch und meine Bücher kommen, im übrigen lebte ich mit gemieteten Möbeln. In diesem letzten meiner bisherigen Häuser blieb ich zwölf Jahre wohnen, die ersten vier Jahre ganz, von da an nur noch in den wärmeren Jahreszeiten ...

Dies schöne wunderliche Haus hat mir viel bedeutet, und war in mancher Hinsicht das originellste und hübscheste von allen denen, die ich je besaß oder bewohnte. Freilich besaß ich hier gar nichts, und bewohnte auch nicht das Haus, sondern nur eine kleine Wohnung von vier Stuben als Mieter, ich war kein Hausherr und Familienvater mehr, der ein Haus und Kinder und Dienstboten hat, seinem Hunde ruft und seinen Garten pflegt; ich war jetzt ein kleiner abgebrannter Literat, ein abgerissener und etwas verdächtiger Fremder, der von Milch und Reis und Makkaroni lebte, seine alten Anzüge bis zum Ausfransen austrug und im Herbst sein Abendessen in Form von Kastanien aus dem Walde heimbrachte.

Und so habe ich also die letzten zwölf Jahre in der Casa Camuzzi gewohnt, Garten und Haus kommen im »Klingsor« und in anderen meiner Dichtungen vor. Manche Dutzendmale habe ich dies Haus gemalt und gezeichnet, und bin seinen verzwickten launischen Formen nachgegangen; namentlich in den beiden letzten Sommern, zum Abschied, habe ich vom Balkon, von den Fenstern, von der Terrasse aus noch alle Blicke gezeichnet, und viele von den wunderlich schönen Winkeln und Gemäuern im Garten ...

Vom Portal des Hauses führt pompös und theatralisch eine fürstliche Treppe hinab in den Garten, der in vielen Terrassen mit Treppen, Böschungen und Mauern sich bis in eine Schlucht hinab verliert und in dem alle südlichen Bäume in alten, großen Prachtexemplaren vorkommen, ineinander verwachsen, von Glyzinen und Clematis überwuchert. Für das Dorf selbst liegt das Haus fast ganz verborgen. Aus dem Tale unten sieht es, mit seinen Treppengiebeln und Türmchen über stillen Waldrücken hervorschauend, ganz wie das ländliche Schloß einer Eichendorffnovelle aus.

Manches hat sich auch hier während der zwölf Jahre geändert, nicht bloß in meinem Leben, sondern auch im Hause und Garten. Der herrliche alte Judasbaum unten im Garten, der größte, den ich jemals gesehen, der Jahr um Jahr vom Anfang Mai bis weit in den Juni hinein so üppig geblüht und im Herbst und Winter mit seinen rotvioletten Schoten so fremdartig ausgesehen hatte, fiel in einer Herbstnacht dem Sturm zum Opfer. Die große Sommermagnolie Klingsors, dicht vor meinem Balkönchen, deren geisterhafte weiße Riesenblüten mir beinahe ins Zimmer hereingewachsen waren, wurde einst während meiner Abwesenheit umgehauen.

Wäre ich in meiner Einsamkeit geblieben, hätte ich nicht nochmals einen Lebenskameraden gefunden, so wäre es wohl nie dazu gekommen, daß ich das Camuzzihaus wieder verlassen hätte. [1931]

Der alte Garten

Mitternacht und Geisterzeit.
Tore öffnen festlich weit
Schmiedeeiserne, goldgeränderte,
Grünbekränzte, rotbebänderte
Hohe Flügel mit leisem Klingen,
Ein ganzer Heerstaat von bunten Dingen
Strömt rauschend ein.

Mit spitzen Zöpfen
Und zierlich frisierten Puderköpfen
Ein Zug geschmückter Herren und Damen
Mit Seideröcken und welschen Namen,
Mit glatten Reden und zarten Gesten,
Mit blauen Fräcken und roten Westen
Die Herren, mit rosa und himmelblauen
Gewändern und großen Fächern die Frauen.
Man arrivieret in stattlichen Reihen,
Unterteilt sich plaudernd zu zwei und dreien,
Begegnet lächelnd und nickend einander,
Ergötzt sich spielend am Sagen galanter
Bonmots und an zärtlich gewandten Allüren,
Lacht, kichert, verführt und läßt sich verführen,
Betrachtet mit Kennerblick die Konturen
Der schneeweiß glänzenden Götterfiguren.

Ausruhend sich labend an Aprikosen
Bewirft man sich mit zerflatternden, großen
Purpurnen, weißen und gelben Rosen.

Die Glocke schlägt, die Paare zerstieben;
Ich blicke durchs Fenster. Zurückgeblieben
Ist nur in Lüften ein animiertes
Flüstern und noch ein parfümiertes,
Zärtliches Duften von seidenen Roben.
Ein Wind entführt's nach dem Walde droben.
Zerstreut und verblättert mit wenig Zügen
Alle die Scherze, die höflichen Lügen,
Die süßen Blicke, die halben Gefühle,
Die rosigen Masken verschleierter Kühle.
Mir aber war noch lang im Bette
Zumut, als tanzte man Menuette
Und führte altmodische Reden drunten,
Und endlich hatt' ich den Schlaf gefunden.

Klage um einen alten Baum

Seit bald zehn Jahren, seit dem Ende des frischen, fröhlichen Krieges, hat meine tägliche Gesellschaft, mein dauernder vertraulicher Umgang nicht mehr aus Menschen bestanden. Zwar fehlt es mir nicht an Freunden und an Freundinnen, aber der Umgang mit ihnen ist eine festliche, nicht alltägliche Angelegenheit, sie besuchen mich zuweilen, oder ich besuche sie: das dauernde und tägliche Zusammenleben mit anderen Menschen habe ich mir abgewöhnt. Ich lebe allein, und so kommt es, daß im kleinen und täglichen Umgang an die Stelle der Menschen für mich mehr und mehr die Dinge getreten sind. Der Stock, mit dem ich spazieren gehe, die Tasse, aus der ich meine Milch trinke, die Vase auf meinem Tisch, die Schale mit Obst, der Aschenbecher, die Stehlampe mit dem grünen Schirm, der kleine indische Krischna aus Bronze, die Bilder an der Wand und um das Beste zuletzt zu nennen, die vielen Bücher an den Wänden meiner kleinen Wohnung, sie sind es, die mir beim Aufwachen und Einschlafen, beim Essen und Arbeiten, an guten und bösen Tagen Gesellschaft leisten, die für mich vertraute Gesichter bedeuten und mir die angenehme Illusion von Heimat und Zuhausesein geben. Noch sehr viele andere Gegenstände zählen zu meinen Vertrauten. Dinge, deren Sehen und Anfühlen, deren stummer Dienst, deren stumme Sprache mir lieb ist und unentbehrlich scheint, und wenn eines dieser Dinge mich verläßt und von mir geht, wenn eine alte Schale zerbricht, wenn eine Vase herunterfällt, wenn ein Taschenmesser verlorengeht, dann sind es Verluste für mich, dann muß ich Abschied nehmen und mich einen Augenblick besinnen und ihnen einen Nachruf widmen.

Auch mein Arbeitszimmer mit seinen etwas schiefen Wänden, seiner alten, ganz erblaßten Goldtapete, mit den vielen Sprüngen im Bewurf der Decke gehört zu meinen Kameraden und Freunden. Es ist ein schönes Zimmer, ich wäre verloren, wenn es mir genommen würde. Aber das Schönste an ihm ist das Loch, das auf den kleinen Balkon hinausführt. Von da aus sehe ich nicht nur den See von Lugano bis nach San Mamette hin, mit den Buchten, Bergen und Dörfern, Dutzenden von nahen und fernen Dörfern, sondern ich sehe, und das ist mir das Liebste daran, auf einen alten, stillen, verzauberten Garten hinab, wo alte, ehrwürdige Bäume sich im Wind und im Regen wiegen, wo auf schmalen, steil abfallenden Terrassen schöne, hohe Palmen, schöne, üppige Kamelien, Rhododendren, Magnolien stehen, wo die Eibe, die Blutbuche, die indische Weide, die hohe, immergrüne Sommermagnolie wächst. Dieser Blick aus meinem Zimmer, diese Terrassen, diese Gebüsche und Bäume gehören noch mehr als die Zimmer und Gegenstände zu mir und meinem Leben, sie sind mein eigentlicher Freundeskreis, meine Nächsten, mit ihnen lebe ich, sie halten zu mir, sie sind zuverlässig. Und wenn ich einen Blick über diesen Garten werfe, so gibt er mir – nicht nur das, was er dem entzückten oder gleichgültigen Blick jedes Fremden gibt, sondern unendlich viel mehr, denn dies Bild ist mir durch Jahre und Jahre zu jeder Stunde des Tages und der Nacht, zu jeder Jahreszeit und Witterung vertraut, das Laub jedes Baumes sowie seine Blüte und Frucht ist mir in jedem Zustande des Werdens und Hinsterbens wohlbekannt, jeder ist mein Freund, von jedem weiß ich Geheimnisse, die nur ich und sonst niemand weiß. Einen dieser Bäume zu verlieren, heißt für mich, einen Freund verlieren …

Im Frühling gibt es eine Zeit, da ist der Garten brennend rot von der Kamelienblüte und im Sommer blühen die Palmen, und hoch in den Bäumen klettern überall die blauen Glyzinien. Aber die indische Weide, ein kleiner, fremdartiger Baum, der trotz seiner Kleinheit uralt aussieht und das halbe Jahr zu frieren scheint, die indische Weide traut sich erst spät im Jahr mit den Blättern heraus, und erst gegen Mitte August fängt sie an zu blühen.

Der schönste jedoch von allen diesen Bäumen ist nicht mehr da, er ist vor einigen Tagen durch den Sturm gebrochen worden. Ich sehe ihn liegen, er ist noch nicht weggeschafft, einen schweren alten Riesen mit geknicktem und zerschlissenem Stamm, und sehe an der Stelle, wo er stand, eine große breite Lücke, durch welche der ferne Kastanienwald und einige bisher unsichtbare Hütten hereinschauen.

Es war ein Judasbaum, jener Baum, an dem der Verräter des Heilands sich erhängt hat, aber man sah ihm diese beklommene Herkunft nicht an, o nein, er war der schönste Baum des Gartens, und eigentlich war es seinetwegen, daß ich vor manchen Jahren diese Wohnung hier gemietet habe. Ich kam damals, als der Krieg zu Ende war, allein und als Flüchtling in diese Gegend, mein bisheriges Leben war gescheitert, und ich suchte eine Unterkunft, um hier zu arbeiten und nachzudenken und die zerstörte Welt mir von innen her wieder aufzubauen und suchte eine kleine Wohnung, und als ich meine jetzige Wohnung anschaute, gefiel sie mir nicht übel, den Ausschlag aber gab der Augenblick, wo die Wirtin mich auf den kleinen Balkon führte. Da lag plötzlich unter mir der Garten Klingsors, und mitten darin leuchtete hellrosig blühend ein riesiger Baum, nach dessen Namen ich sofort fragte, und siehe, es war der Judasbaum, und Jahr für Jahr hat er seither geblüht, mit Millionen von rosigen Blüten, die dicht an der Rinde sitzen, ähnlich etwa wie beim Seidelbast, und die Blüte dauerte vier bis sechs Wochen,

Baum über dem See. Aquarellierte Federzeichnung
Hesses, um 1930

und dann erst kam das hellgrüne Laub nach, und später hingen in diesem hellgrünen Laube dunkelpurpurn und geheimnisvoll in dichter Menge die Schotenhülsen.

Wenn man ein Wörterbuch über den Judasbaum befragt, dann erfährt man natürlich nicht viel Gescheites. Vom Judas und vom Heiland kein Wort! Dafür steht da, daß dieser Baum zur Gattung der Leguminosen gehört und Cercis siliquastrum genannt wird, daß seine Heimat Südeuropa sei und daß er da und dort als Zierstrauch vorkomme. Man nenne ihn übrigens auch »falsches Johannisbrot«. Weiß Gott, wie da der echte Judas und der falsche Johannes durcheinander geraten sind! Aber wenn ich das Wort »Zierstrauch« lese, so muß ich lachen, noch mitten in meinem Jammer. Zierstrauch! Ein Baum war es, ein Riese von einem Baum, mit einem Stamm so dick, wie ich es auch in meinen besten Zeiten nie gewesen bin, und sein Wipfel stieg aus der tiefen Gartenschlucht beinahe zur Höhe meines Balkönchens herauf, es war ein Prachtstück, ein wahrer Mastbaum! Ich hätte nicht unter diesem Zierstrauch stehen mögen, als er neulich im Sturm zusammenbrach und einstürzte wie ein alter Leuchtturm.

Ohnehin schon war die letzte Zeit nicht sehr zu rühmen. Der Sommer war plötzlich krank geworden und man fühlte sein Sterben voraus, und am ersten richtig herbstlichen Regentag mußte ich meinen liebsten Freund (keinen Baum, sondern einen Menschen) zu Grabe tragen*, und seither war ich, bei schon kühlen Nächten und häufigem Regen, nicht mehr richtig warm geworden und trug mich schon sehr mit Abreisegedanken. Es roch nach Herbst, nach Untergang, nach Särgen und Grabkränzen.

Und nun kommt da eines Nachts, als späte Nachwehe irgend-

* Hugo Ball, der am 4. 9. 1927 im Alter von 41 Jahren gestorben war.

welcher amerikanischer und ozeanischer Orkane, ein wilder Südsturm geblasen, reißt die Weinberge zusammen, schmeißt Schornsteine um, demoliert mir sogar meinen kleinen Steinbalkon und nimmt, noch in den letzten Stunden, auch noch meinen alten Judasbaum mit. Ich weiß noch, wie ich als Jüngling es liebte, wenn in herrlichen romantischen Erzählungen von Hauff oder Hoffmann die Aequinoktialstürme so unheimlich bliesen! Ach, genauso war es, so schwer, so unheimlich, so wild und beengend preßte sich der dicke warme Wind, als käme er aus der Wüste her, in unser friedliches Tal und richtete da seinen amerikanischen Unfug an. Es war eine häßliche Nacht, keine Minute Schlaf, außer den kleinen Kindern hat im ganzen Dorf kein Mensch ein Auge zugetan, und am Morgen lagen die gebrochenen Ziegel, die zerschlagenen Fensterscheiben, die geknickten Weinstöcke da. Aber das Schlimmste, das Unersetzlichste, ist für mich der Judasbaum. Es wird zwar ein junger Bruder nachgepflanzt werden, dafür ist gesorgt: aber bis er auch nur halb so stattlich werden wird wie sein Vorgänger, werde ich längst nicht mehr da sein.

Als ich neulich im fließenden Herbstregen meinen lieben Freund begraben habe und den Sarg in das nasse Loch verschwinden sah, da gab es einen Trost: er hatte Ruhe gefunden, er war dieser Welt, die es mit ihm nicht gut gemeint hatte, entrückt, er war aus Kampf und Sorgen heraus an ein anderes Ufer getreten. Bei dem Judasbaum gibt es diesen Trost nicht. Nur wir armen Menschen können, wenn einer von uns begraben wird, uns zum schlechten Troste sagen »Nun, er hat es gut, er ist im Grunde zu beneiden.« Bei meinem Judasbaum kann ich das nicht sagen. Er wollte gewiß nicht sterben, er hat bis in sein hohes Alter hinein Jahr für Jahr überschwenglich und prahlend seine Millionen von strahlenden Blüten getrieben, hat sie froh und geschäftig in Früchte verwandelt, hat die grünen Schoten der Früchte erst braun, dann purpurn gefärbt und hat niemals jemand, den er sterben sah, um seinen Tod beneidet. Vermutlich hielt er wenig von uns Menschen. Vielleicht kannte er uns, schon von Judas her. Jetzt liegt seine riesige Leiche im Garten und hat im Fallen noch ganze Völker von kleineren und jüngeren Gewächsen zu Tode gedrückt. [1927]

Beim Gießen der Sonnenblumen, Montagnola 1935

Tagebuchblatt

Am Abhang hinterm Hause hab ich heute
Durch Wurzelwerk und Steinicht eine Grube
Gehauen und gegraben, tief genug,
Und jeden Stein aus ihr entfernt und auch
Die spröde, dünne Erde weggetragen.
Dann kniet ich eine Stunde da und dort
Im alten Wald und sammelte mit Kelle
Und Händen aus vermoderten
Kastanienstrünken jene schwarze, mulmige
Walderde mit dem warmen Pilzgeruch,
Zwei schwere Kübel voll, trug sie hinüber
Und pflanzte in die Grube einen Baum,
Umgab ihn freundlich mit der torfigen Erde,
Goß sonngewärmtes Wasser langsam zu
Und schwemmte, schlämmte sanft die Wurzel ein.

Da steht er, klein und jung, und wird da stehen,
Wenn wir verschollen sind und unserer Tage
Lärmige Größe und unendliche Not
Vergessen ist und ihre irre Angst.
Föhn wird ihn beugen. Regenwind ihn zausen,
Sonne ihm lachen, nasser Schnee ihn drücken,
Zeisig und Kleiber werden ihn bewohnen,
An seinem Fuß der stille Igel wühlen.
Und was er je erlebt, geschmeckt, erlitten,
Der Jahre Lauf, wechselnde Tiergeschlechter,
Bedrückung, Heilung, Wind- und Sonnenfreundschaft,
Wird täglich aus ihm strömen im Gesang

Des rauschenden Laubes, in der freundlichen
Gebärde eines sanften Wipfelwiegens,
Im zarten süßen Duft des harzigen Saftes,
Der seine schlafverklebten Knospen feuchtet,
Im ewigen Spiel der Lichter und der Schatten,
Das er zufrieden mit sich selber spielt.

Das verlorene Taschenmesser

Gestern habe ich ein Taschenmesser verloren und habe dabei die Erfahrung gemacht, daß meine Philosophie und Schicksalsbereitschaft auf schwachen Füßen stehen, denn der kleine Verlust hat mich unverhältnismäßig betrübt, und ich bin auch heute noch mit meinen Gedanken bei jenem verlorenen Messer, nicht ohne mich selbst wegen solcher Sentimentalitäten auszulachen.

Es ist ein schlechtes Zeichen, daß der Verlust dieses Messers mich so betrüben konnte. Es gehört zu meinen Schrulligkeiten, die ich wohl kritisieren und bekämpfen, nicht aber völlig abtun kann, daß ich an Dingen, die ich eine Weile besessen, mit großer Anhänglichkeit festhalte, und es ist mir jedesmal ein Unbehagen, zuweilen sogar ein kleiner Schmerz, wenn ich mich von einem lang getragenen Kleide oder Hut oder Stock trennen muß oder gar von einer Wohnung, in der ich lange gewohnt habe, um von schlimmeren Trennungen und Abschieden ganz zu schweigen. Und jenes Messer gehörte nun zu den ganz wenigen Gegenständen, die bisher die Veränderungen meines Lebens überdauert und mich durch alle Wechsel jahrzehntelang begleitet haben.

Zwar besitze ich noch einigen geheiligten Trödel aus fernerer Vergangenheit, einen Ring meiner Mutter, eine Uhr meines Vaters, ein paar Photographien und Andenken aus meiner frühen Kinderzeit, aber alle diese Dinge sind ja eigentlich tot, sind Museum, liegen im Schrank und werden kaum alle Jahre einmal betrachtet. Das Messer aber ist viele Jahre lang ein beinahe täglich gebrauchtes Ding gewesen, ich habe es viele tausend Male in meine Tasche gesteckt, aus der Tasche gezogen, es zu Arbeit und Spielerei benützt, habe es hundertmal mit dem Abziehstein nachgeschliffen, habe es in früheren Zeiten mehrmals verloren und wiedergefunden. Es war mir lieb, dies Messer, und es ist wohl eines Klageliedes wert.

Es war kein gewöhnliches Taschenmesser – deren habe ich in meinem Leben sehr viele besessen und verbraucht. Es war ein Gartenmesser, eine einzige, sehr starke, halbmondförmig gebogene Klinge in festem, glattem Holzgriff, kein Gegenstand des Luxus und der Spielerei, sondern eine ernste, solide Waffe, ein gediegenes Werkzeug von uralter, bewährter Form. Diese Formen stammen aus den Erfahrungen der Väter, aus hundert und tausend Jahren her, und sie widerstehen oft lange dem Ansturm der Industrie, welche den Ehrgeiz hat, an Stelle dieser bewährten Formen unbewährte, neue, sinnlose und spielerische zu setzen, denn die Industrie baut ihre Existenz darauf, daß der moderne Mensch die Gegenstände, mit denen er arbeitet und spielt, nicht mehr liebt und sie leicht und häufig wechselt. Wenn, wie in alten Zeiten, jeder Mann ein einzigesmal in seinem Leben sich ein starkes, gutes, edles Messer kaufen und es sorgfältig bis zu seinem Tode bewahren würde, wo blieben da die Messerfabriken? Nein, heute wechselt man Messer und Gabel, Manschettenknopf und Hut, Spazierstock und Schirm alle Augenblicke, es ist der Industrie gelungen, alle diese Dinge der Mode zu unterwerfen, und von diesen Modeformen, die für eine Saison berechnet sind, kann man ja wohl nicht verlangen, daß sie die Schönheit, Lebendigkeit und Richtigkeit der uralten, bewährten, echten Formen haben sollen.

Des Tages, an welchem ich den Besitz meines schönen sichelförmigen Gartenmessers antrat, kann ich mich noch wohl entsinnen. Ich war damals sehr auf der Höhe, in jeder Hinsicht und fühlte mich dementsprechend. Ich war seit kurzem verheiratet, ich war der Stadt und dem Gefängnis eines Brotberufes entronnen und saß unabhängig und nur mir selber verantwortlich in einem schönen Dorf am Bodensee, ich hatte Erfolg mit Büchern, die ich schrieb und die mir sehr gut schienen, ich hatte auf dem See ein Ruderboot schwimmen, meine Frau erwartete ihr erstes Kind, und nun ging ich eben an eine große Unternehmung, deren Wichtigkeit mich ganz erfüllte: an den Bau eines eigenen Hauses und die Anlage eines eigenen Gartens. Der Boden war schon gekauft und die Maße abgesteckt, und wenn ich über das Grundstück ging, empfand ich manchmal feierlich die Schönheit und Würde dieses Tuns, es schien mir, daß ich da einen Grundstein für alle Zeiten lege und für mich, meine Frau und meine Kinder hier eine Heimat und Zuflucht gründe. Die Hauspläne waren fertig, und der Garten nahm in meiner Vorstellung allmählich Gestalt an, mit dem breiten langen Mittelweg, dem Brunnen, der Wiese mit den Kastanienbäumen.

Damals, ich mochte so gegen dreißig Jahre alt sein, kam eines Tages ein schweres Frachtstück für mich mit dem Dampfer an, und ich half es vom Landungssteg mit heraufschleppen. Es kam von einer Gartenbaufirma und enthielt lauter Gartenwerkzeuge: Spaten, Schaufeln, Pickel, Rechen, Hacken (unter denen namentlich die mit dem Schwanenhals mich sehr entzückte) und manche andere solche Dinge. Dazwischen lagen, sorgfältig in Lappen eingeschlagen, einige kleinere und zartere Gegenstände, die ich mit Freude enthüllte und besichtigte, und unter ihnen war auch das krumme Messer, das ich sogleich öffnete und prüfte. Blank funkelte mir sein neuer Stahl entgegen, hart und straff sprang die Rückenfeder, und die vernickelten Heftbeschläge blitzten. Damals war es ein kleines Anhängsel, ein winziges Nebenstück meiner Einrichtung. Ich dachte nicht, daß einmal dies Messer von all meinem schönen jungen Besitz, von Haus und Garten, Familie und Heimat das einzige Stück sein würde, das noch mir gehörte und bei mir blieb.

Es dauerte nicht lange, so schnitt ich mir mit dem neuen Messer beinahe einen Finger ab, die Narbe trage ich noch heute. Und inzwischen war der Garten angelegt und bepflanzt, das Haus gebaut, und viele Jahre lang war das Messer mein Begleiter, sooft ich in den Garten ging. Ich habe mit ihm meine Obstbäume beschnitten und Sonnenblumen und Dahlien zu Sträußen abgeschnitten, habe Peitschenstiele und Pfeilbögen für meine kleinen Söhne damit geschnitzt. Täglich, mit Ausnahme kurzer Reisezeiten, brachte ich einige Stunden im Garten zu, den ich alle die Jahre hindurch selbst besorgt habe, mit Graben und Pflanzen, Säen und Begießen, Düngen und Ernten, und in den kühleren Jahreszeiten hatte ich stets ein Feuerlein in einer Gartenecke brennen, wo Unkraut und alte Wurzelstöcke und Abfall jeder Art zu Asche gebrannt wurden. Meine Söhne waren gern dabei, steckten ihre Gerten und Schilfrohre ins Feuer, brieten Kartoffeln und Kastanien darin. Dabei fiel mir einmal das Messer ins Feuer, und am Heft enstand ein kleiner Brandfleck, den es von da an trug und an dem ich es aus allen Messern der Welt heraus gekannt hätte.

Es kam eine Zeit, da reiste ich viel, denn es war mir nicht mehr so sehr wohl in dem hübschen Hause am Bodensee. Ich ließ oft meinen Garten stehen und fuhr in der Welt herum, als hätte ich irgendwo die Hauptsache liegen lassen und vergessen, ich fuhr bis nach dem hintersten Südosten von Sumatra und sah die großen grünen Schmetterlinge im Dschungel schimmern. Und als ich zurückkam, da wurde meine Frau mit mir einig, daß wir unser Haus und Dorf verlassen wollten. Es zeigte sich, daß für die heranwachsenden Söhne Schulen nötig waren und manches andere, und wir sprachen viel darüber. Aber darüber sprach ich mit niemand, daß das Hierbleiben eben seinen Sinn verloren hatte und daß mein Traum von Glück und Behagen in diesem

Hause ein falscher Traum gewesen war und begraben werden mußte.

In einem herrlichen alten Garten mit gewaltigen uralten Bäumen, nahe bei einer schönen Schweizer Stadt, mit dem Blick auf die nahen feierlichen Schneeberge, zündete ich meine gewohnten Herbst- und Frühlingsfeuer wieder an, und wenn das Leben mir weh tat und auch an diesem neuen Ort vieles so schwierig ging und so verstimmt klang, dann suchte ich die Schuld bald hier, bald dort, oft auch im eigenen Herzen, und wenn ich mein starkes Gartenmesser betrachtete, dachte ich an Goethes vorzügliche Anweisung für sentimentale Selbstmörder, sich den Tod nicht allzu bequem zu machen, sondern ihn sich durch Heroismus zu verdienen und sich zumindest mit eigener Hand das Messer ins Herz zu stoßen. Und das konnte ich so wenig wie Goethe.

Es kam der Krieg, und nun dauerte es nicht mehr lange, bis ich die Gründe meiner Unzufriedenheit und Melancholie nicht mehr weit zu suchen brauchte, sondern sie klar erkannte und wußte, daß da nichts zu heilen war und daß die Hölle dieser Zeit zu durchleben trotz allem eine gute Kur gegen eigensüchtige Schwermut und Enttäuschung sei. Es kamen Zeiten, wo ich mein Messer wenig mehr brauchte, es war allzuviel andere Arbeit zu tun. Und es kam so allmählich alles ins Rutschen, zuerst das Deutsche Reich und sein Krieg, dem vom Ausland her zuzuschauen damals eine Qual ohnegleichen war. Und als der Krieg zu Ende war, da war auch in meinem Leben allerlei gewendet und verändert, ich besaß keinen Garten und kein Haus mehr und mußte mich auch von der Familie trennen und mußte Jahre der Einsamkeit und Besinnung antreten und durchkosten. Da saß ich oft, in den langen, langen Wintern der Verbannung, im kalten Zimmer vor dem kleinen Kamin, verbrannte Briefe und Zeitungen und schnitzelte mit meinem alten Messer am Holz herum, ehe ich es ins Feuer steckte, und sah in die Flammen, und sah mein Leben und meinen Ehrgeiz und mein Wissen und mein ganzes Ich allmählich verbrennen und zu reinlicher Asche werden. Und wenn auch das Ich, der Ehrgeiz, die Eitelkeit und der ganze trübe Lebenszauber mich nachher wieder und wieder einspann, so war doch eine Zuflucht gefunden, eine Wahrheit erkannt, und die Heimat, die zu gründen und zu besitzen mir im Leben nie hatte glücken wollen, begann mir im eigenen Herzen zu wachsen.

Wenn ich nun das Gartenmesser, das mich diesen langen Weg begleitet hat, so sehr vermisse, so ist das weder heroisch noch weise. Ich will aber heute nun einmal weder heroisch noch weise sein, dazu ist morgen wieder Zeit. [1924]

Spätsommer

Noch schenkt der späte Sommer Tag um Tag
Voll süßer Wärme. Über Blumendolden
Schwebt da und dort mit müdem Flügelschlag
Ein Schmetterling und funkelt sammetgolden.

Die Abende und Morgen atmen feucht
Von dünnen Nebeln, deren Naß noch lau.
Vom Maulbeerbaum mit plötzlichem Geleucht
Weht gelb und groß ein Blatt ins sanfte Blau.

Eidechse rastet auf besonntem Stein,
Im Blätterschatten Trauben sich verstecken.
Bezaubert scheint die Welt, gebannt zu sein
In Schlaf, in Traum, und warnt dich sie zu wecken.

So wiegt sich manchmal viele Takte lang
Musik, zu goldener Ewigkeit erstarrt,
Bis sie erwachend sich dem Bann entrang
Zurück zu Werdemut und Gegenwart.

Wir Alten stehen erntend am Spalier
Und wärmen uns die sommerbraunen Hände.
Noch lacht der Tag, noch ist er nicht zu Ende,
Noch hält und schmeichelt uns das Heut und Hier.

Gegensätze

Es ist hoher Sommer, und seit Wochen schon steht der große Sommermagnolienbaum vor meinen Fenstern in Blüte; er ist ein Sinnbild des südlichen Sommers in seiner scheinbar lässigen, scheinbar gleichmütig langsamen, in Wirklichkeit aber rapiden und verschwenderischen Art zu blühen. Von den schneeweißen, riesigen Blütenkelchen stehen immer nur ein paar, höchstens acht oder zehn, zugleich offen, und so zeigt der Baum während der zwei Monate seiner Blüte eigentlich im Großen immer den gleichen Anblick, während doch diese herrlichen Riesenblüten so sehr vergänglich sind: keine von ihnen lebt länger als zwei Tage. Aus der bleichen, grünlich angeflogenen Knospe öffnet sich diese Blüte meist am frühen Morgen, rein weiß und zauberhaft unwirklich schwebt sie, das Licht wie schneeiger Atlas widerspiegelnd, aus den dunkelglänzenden, harten, immergrünen Blättern, schwebt einen Tag lang jung und glänzend, und beginnt dann sachte sich zu verfärben, an den Rändern zu gilben, die Form zu verlieren, und mit einem rührenden Ausdruck von Ergebung und Müdigkeit zu altern, und auch dies Altern dauert nur einen Tag. Dann ist die weiße Blüte schon verfärbt, sie ist hell zimtbraun geworden, und die Blütenblätter, gestern wie Atlas, fühlen sich heute an wie feines, zartes Wildleder: ein traumhafter, wunderbarer Stoff, zart wie ein Hauch und doch von fester, ja derber Substanz. Und so trägt mein großer Magnolienbaum Tag für Tag seine reinen, schneeigen Blüten, und es scheinen immer dieselben zu sein. Ein feiner, erregender, köstlicher Duft, an den von frischen Zitronen erinnernd, aber süßer, weht von den Blüten herüber in mein Studierzimmer. Der große Sommermagnolienbaum (nicht zu verwechseln mit der auch im Norden bekannten Frühlingsmagnolie) ist nicht immer mein Freund, so schön er auch sei. Es gibt Jahreszeiten, in denen ich ihn mit Bedenken, ja mit Feindschaft ansehe. Er wächst und wächst, und in den zehn Jahren, in denen er mein Nachbar war, hat er sich so gestreckt, daß die spärliche Morgensonne in den Herbst- und Frühlingsmonaten meinem Balkon verloren geht. Ein Riesenkerl ist er geworden, oft kommt er mir in seinem heftigen, saftigen Wuchs so vor wie ein derber, rasch empor geschossener, etwas schlaksiger Junge. Jetzt aber, während seiner hochsommerlichen Blütezeit, steht er feierlich voll zarter Würde, klappert im Winde mit seinen steifen, glänzenden, wie lackierten Blättern und trägt behutsam Sorge um seine zarten, allzu schönen, allzu vergänglichen Blüten.

Diesem großen Baum mit seinen bleichen Riesenblüten steht ein andrer gegenüber, ein Zwerg. Er steht auf meinem kleinen Balkönchen, in einen Topf gepflanzt. Es ist ein gedrungener Zwergbaum, eine Zypressenart, keinen Meter hoch, aber schon bald vierzig Jahre alt, ein kleiner knorriger und selbstbewußter Zwerg, ein wenig rührend und ein wenig komisch, voll von Würde und doch kauzig und zum Lächeln reizend. Ich habe ihn erst neuerdings geschenkt bekommen, zum Geburtstag, und nun steht er da, reckt seine charaktervollen, wie von jahrzehntelangen Stürmen geknorrten Äste, die aber nur fingerlang sind, und schaut gleichmütig zu seinem Riesenbruder hinüber, von welchem zwei Blüten genügen würden, um den würdigen Zwerg zuzudecken. Ihn stört das nicht, er scheint den großen feisten Bruder Magnolie garnicht zu sehen, von dem ein Blatt so groß ist wie bei ihm ein ganzer Ast. Er steht da in seiner merkwürdigen kleinen Monumentalität, tief nachdenklich, ganz in sich versunken, uralt aussehend, so wie auch die menschlichen Zwerge oft so unsäglich alt oder zeitlos aussehen können.

Bei der gewaltigen Sommerhitze, die uns seit Wochen belagert, komme ich sehr wenig hinaus, ich lebe in meinen paar Zimmerchen, hinter geschlossenen Läden, und die beiden Bäume, der Riese und der Zwerg, sind meine Gesellschaft. Die Riesenmagnolie erscheint mir als Sinnbild und Lockruf alles Wachstums, alles triebhaften und naturhaften Lebens, aller Sorglosigkeit und geilen Fruchtbarkeit. Der schweigsame Zwerg dagegen, daran ist nicht zu zweifeln, gehört zum Gegenpol: er braucht nicht so viel Raum, er vergeudet nicht, er strebt nach Intensität und nach Dauer, er ist nicht Natur, sondern Geist, er ist nicht Trieb, sondern Wille. Lieber kleiner Zwerg, wie wunderlich und besonnen, wie zäh und uralt stehst du da!

Gesundheit, Tüchtigkeit und gedankenloser Optimismus, lachende Ablehnung aller tiefern Probleme, feistes feiges Verzichten auf aggressive Fragestellung, Lebenskunst im Genießen des Augenblicks – das ist die Parole unsrer Zeit – auf diese Art hofft sie die lastende Erinnerung an den Weltkrieg zu betrügen. Übertrieben problemlos, imitiert amerikanisch, ein als feistes Baby maskierter Schauspieler, übertrieben dumm, unglaubhaft glücklich und strahlend (»smiling«), so steht dieser Mode-Optimismus da, jeden Tag mit neuen strahlenden Blüten geschmückt, mit den Bildern neuer Filmstars, mit den Zahlen neuer Rekorde. Daß alle diese Größen Augenblicksgrößen sind, daß alle diese Bilder und Rekordzahlen bloß einen Tag dauern, danach fragt niemand, es kommen ja stets neue. Und durch diesen etwas allzu hochgepeitschten, allzu dummen Optimismus, welcher Krieg und Elend, Tod und Schmerz für dummes Zeug erklärt, das man sich nur einbilde, und nichts von irgendwelcher Sorge oder Problematik wissen will – durch diesen überlebensgroßen, nach amerikanischem Vorbild aufgezogenen Optimismus wird der Geist zu ebensolchen Übertreibungen gezwungen und gereizt, zu verdoppelter Kritik, zu vertiefter Problematik, zu feindseliger Ablehnung dieses ganzen himbeerfarbenen Kinder-Weltbildes, wie es die Modephilosophen und die illustrierten Blätter spiegeln.

So zwischen meinen beiden Baum-Nachbarn, der wundervoll vitalen Magnolie und dem wunderbar entmaterialisierten und vergeistigten Zwerge, sitze ich und betrachte das Spiel der Gegenwart, denke darüber nach, schlummere in der Hitze ein wenig, rauche ein wenig und warte bis es Abend wird und etwas kühle Luft vom Walde weht.

Und überall in dem, was ich tue, lese, denke, überall begegnet mir derselbe Zwiespalt der heutigen Welt. Täglich kommen ein paar Briefe zu mir, Briefe von Unbekannten meistens, wohlmeinende und gutherzige Briefe meistens, manchmal zustimmende, manchmal anklagende, und alle handeln vom gleichen Problem, alle sind sie entweder von einem hahnebüchenen Optimismus und können mich, den Pessimisten, nicht genug tadeln oder auslachen oder bedauern – oder sie geben mir Recht, geben mir fanatisch und übertrieben Recht, aus tiefer Not und Verzweiflung heraus.

Natürlich haben beide recht, Magnolie und Zwergbaum, Optimisten und Pessimisten. Nur halte ich erstere für gefährlicher, denn ich kann ihr heftiges Zufriedensein und sattes Lachen nicht sehen ohne mich an jenes Jahr 1914 zu erinnern und an jenen angeblich so gesunden Optimismus, mit welchem damals ganze Völker alles herrlich und entzückend fanden, und jeden Pessimisten an die Wand zu stellen drohten, der daran erinnerte, daß Kriege eigentlich ziemlich gefährliche und gewaltsame Unternehmungen seien, und daß es vielleicht auch betrüblich enden könnte. Nun, die Pessimisten wurden teils ausgelacht, teils an die Wand gestellt, und die Optimisten feierten die große Zeit, jubelten und siegten jahrelang, bis sie sich und ihr ganzes Volk gründlich müde gejubelt und müde gesiegt hatten und plötzlich zusammenbrachen, und nun von den einstigen Pessimisten getröstet und zum Weiterleben ermuntert werden mußten. Ich kann jene Erfahrung nie ganz vergessen.

Nein, natürlich haben wir Geistigen und Pessimisten nicht Recht, wenn wir unsre Zeit nur anklagen, verurteilen oder belächeln. Aber sollten nicht am Ende auch wir Geistigen (man nennt uns heute Romantiker, und meint damit nichts Freundliches) ein Stück dieser Zeit sein, und ebenso gut das Recht haben, in ihrem Namen zu sprechen und eine Seite von ihr zu verkörpern, wie die Preisboxer und die Automobilfabrikanten? Unbescheiden bejahe ich mir diese Frage.

Die beiden Bäume in ihrem wunderlichen Gegensatz stehen, wie alle Dinge der Natur, unbekümmert um Gegensätze, jeder seiner selbst und seines Rechtes sicher, jeder stark und zäh. Die Magnolie schwillt vor Saft, ihre Blüten duften schwül herüber. Und der Zwergbaum zieht sich tiefer in sich selbst zurück. [1928]

Magnolienblüten. Aquarell Hesses, 1928

Der Blütenzweig

Immer hin und wider
Strebt der Blütenzweig im Winde,
Immer auf und nieder
Strebt mein Herz gleich einem Kinde
Zwischen hellen, dunklen Tagen,
Zwischen Wollen und Entsagen.

Bis die Blüten sind verweht
Und der Zweig in Früchten steht,
Bis das Herz, der Kindheit satt,
Seine Ruhe hat
Und bekennt: voll Lust und nicht vergebens
War das unruhvolle Spiel des Lebens.

Zinnien

Mein lieber Freund! Auch dieser wunderliche und etwas exzentrische Sommer muß einmal zu Ende gehen, schon jetzt haben die Berge jenes edelsteinerne Licht, jene überklare Modellierung und jenes luftige, dünne, süße Kobaltblau, das eigentlich für den September charakteristisch ist. Schon wieder sind am Morgen die Wiesen so schwer naß, und im Laub der Kirschbäume fängt schon ganz sachte der Purpur, im Akazienlaub das Goldgelb an, spürbar zu werden. Da es in diesem Sommer sogar dort oben in Ihren Eskimo-Ländern nördlich des Mains ganz hübsch warm gewesen ist, können Sie sich denken, daß wir hier unten im Süden auch nicht zu frieren brauchten. Es ist ein ungewöhnlicher Sommer, auch hier im Süden, wir haben ganz außerordentliche Gewitter gehabt, darunter eines, das vier Tage gedauert hat, und viel Sturm, und so schön es oft fürs Auge war, bekömmlich war es nicht, ich habe mich schlecht befunden.

Verloren aber habe ich den Sommer keineswegs. Ich habe jenes Glück genossen, das aus lauter Sorgen zu bestehen scheint, und doch so heftig und erregend ist, unzerstörbar durch Wetter und durch körperliche Schmerzen, das beste und eigentlich einzige Glück für unsereinen: mit Leidenschaft an der Arbeit zu sitzen, etwas zu schaffen, produktiv zu sein. Näheres über diese Arbeit kann ich Ihnen nicht sagen, in ein paar Jahren werden wir dann darüber reden. Ich beneide immer jene Dichter und bin erstaunt über sie, von welchen Jahr für Jahr die wohlunterrichtete Presse zu melden weiß: Herr X, unser großer Dramatiker, arbeitet zurzeit auf seinem Landgut am Rhein an einer Komödie, deren höchst aktueller Stoff usw. Wenn mir das einmal geschähe, daß Name und Inhalt einer Dichtung, noch während ich an ihr arbeite, schon von den Zeitungen gewußt und verkündet würden, ich glaube, dann würde ich meine ganzen Papiere in den Kamin stecken und anzünden. Ohnehin geschieht es mir allzuleicht, daß eine Arbeit, dir mir wochen- und monatelang wichtig und lieb war, plötzlich ihren Zauber für mich verliert, oder daß ich plötzlich meine Unzulänglichkeit an ihr bis zur Verzweiflung erkenne, so daß ich sie liegenlasse und schließlich vernichte.

Neben der Arbeit her habe ich auch einiges Schöne gelesen, das Schönste von allem war ein friedliches Wiederlesen von Stifters »Feldblumen« an einigen warmen Juliabenden. Lieber Freund, was ist das für ein holdes, bezauberndes kleines Buch!

Sie begreifen, daß ich mir nach den heißen und arbeitsvollen Wochen des Sommers jetzt einige Beschaulichkeit und Ruhe gönne. Sie besteht zwar leider nicht im Nichtstun – zu diesem Glück fehlt mir alles Talent –, aber doch in einem gewissen Langsamerleben, in einem Bedürfnis, dem Ausklingen des Sommers mit einer gewissen Andacht beizuwohnen.

Es gibt um diese Zeit des allmählich sich neigenden Sommers in der Luft eine gewisse Klarheit, die ich »malerisch« nennen würde, wenn die Maler nicht unter »malerisch« das verstehen würden, was leicht zu malen ist. Diese Klarheit aber wäre außerordentlich schwer zu malen und reizt doch unendlich dazu, sie mit dem Pinsel zu bewältigen und zu verherrlichen, denn nie haben die Farben diese tiefe magische Leuchtkraft, dies Juwelenhafte, niemals sonst haben die Schatten diese Zartheit, ohne doch dünn zu werden, nie auch sind in der Pflanzenwelt schönere Farben vorhanden als jetzt, wo alles schon von Herbstahnungen gestreift ist und doch noch nicht die etwas grelle und harte Farbenfreude des eigentlichen Herbstes begonnen hat. Aber in den Gärten stehen jetzt die leuchtendsten Blumen des Jahres, es blühen da und dort noch brennrot die Granaten und dann die Dahlien und Georginen, die Zinnien, die Frühastern, die zauberhaften Korallenfuchsien! Aber der Inbegriff hochsommerlicher und vorherbstlicher Farbenfreude sind doch die Zinnien! Diese Blumen habe ich jetzt immer im Zimmer stehen, sie sind ja zum Glück sehr haltbar, und ich verfolge die Verwandlungen eines solchen Zinnienstraußes von seiner ersten Frische bis zur Welke mit einem Gefühl von Glück und Neugierde ohnegleichen. Strahlenderes und Gesünderes gibt es nicht in der Blumenwelt als ein Dutzend frisch geschnittener Zinnien von lauter verschiedenen Farben. Das knallt nur so von Licht und jauchzt von Farbe. Die grellsten Gelb und Orange, die lachendsten Rot und die wunderlichsten Rotviolett, die oft wie die Farben an Bändern und Sonntagstrachten naiver Landmädchen aussehen können – und man kann diese heftigen Farben nebeneinanderstellen und miteinander vermengen, wie man will, immer sind sie entzükkend schön, immer sind sie nicht bloß heftig und leuchtend, sondern nehmen auch einander an, halten Nachbarschaft, reizen und steigern einander.

Ich erzähle Ihnen ja damit nichts Neues. Ich bilde mir nicht ein, der Entdecker der Zinnien zu sein. Ich erzähle Ihnen bloß von meiner Verliebtheit in diese Blumen, weil sie zu den angenehmsten und bekömmlichsten Gefühlen gehört, von denen ich seit langem heimgesucht worden bin. Und zwar entzündet sich diese vielleicht etwas senile, aber keineswegs schwächliche Verliebtheit ganz besonders am Verwelken dieser Blumen! An den Zinnien, die ich in der Vase langsam erblassen und sterben sehe, erlebe ich einen Totentanz, ein halb trauriges, halb köstliches Einverstandensein mit der Vergänglichkeit, weil eben das Vergänglichste das Schönste, weil das Sterben selbst so schön, so blühend, so liebenswert sein kann.

Betrachten Sie einmal, lieber Freund, einen acht oder zehn Tage alten Zinnienstrauß! Und betrachten Sie dann, während er noch manche Tage darüber hinaus weiter sich verfärbt und immer noch schön bleibt, betrachten Sie ihn jeden Tag einigemal recht genau! Sie werden sehen, daß diese Blumen, die in ihrer Frische die denkbar grellsten, trunkensten Farben hatten, jetzt die delikatesten, müdesten, zärtlichst abgetönten Farben bekommen haben. Das Orange von vorgestern ist heute ein Neapelgelb geworden, übermorgen wird es ein mit dünner Bronze überhauchtes Grau sein. Das frohe bäurische Blaurot wird langsam wie von einer Blässe, wie vom Gegenteil eines Schattens überzogen, die müde werdenden Blattränder der Blüten biegen sich da und dort mit sanfter Falte um und zeigen ein gedämpftes Weiß, ein unaussprechlich rührendes, klagendes Graurosa, wie man es an ganz verbleichten Seidensachen der Urgroßmutter oder an alten erblindenden Aquarellen sieht. Und achten Sie, Freund, auch sehr auf die untere Seite der Blütenblätter! An dieser Schattenseite, die beim Einknicken der Stiele oft plötzlich überdeutlich sichtbar wird, vollzieht sich das Spiel dieses Farbenwandels, vollzieht sich diese Himmelfahrt, dies Hinübersterben ins immer Geistigere noch duftiger, noch erstaunlicher als an den Blütenkronen selbst. Hier träumen verlorene Farben, die man sonst in der Blumenwelt nicht findet, seltsam metallische, mineralische Töne, Spielarten von Grau, Graugrün, Bronze, die man sonst nur an den Steinen des Hochgebirges oder in der Welt der Moose und Algen finden kann.

Sie wissen ja solche Dinge zu schätzen, ebenso wie Sie den besonderen Dufthauch eines edlern Weinjahrgangs oder das Flaumspiel auf der Haut eines Pfirsichs oder einer schönen Frau zu schätzen wissen. Von Ihnen werde ich nicht weil ich feinere Sinne und beseeltere Erlebnismöglichkeiten habe als ein Boxer, als sentimentaler Romantiker belächelt, sei es nun, daß ich für dahinwelkende Zinnienfarben, sei es, daß ich für die holden verwehenden Töne zu Stifters Feldblumen glühe. Aber wir sind wenige geworden, Freund, unsere Art droht auszusterben. Versuchen Sie es einmal und geben Sie einem amerikanischen Gegenwartsmenschen, dessen Musikalität im Handhaben eines Grammophons besteht, für den ein gut lackierter Kraftwagen schon zur Welt des Schönen zählt – geben Sie einmal einem solchen vergnügten und genügsamen Halbmenschen versuchsweise Unterricht in der Kunst, das Sterben einer Blume, die Verwandlung eines Rosa in ein Lichtgrau, als das Lebendigste und Aufregendste, als das Geheimnis alles Lebens und aller Schönheit mitzuerleben! Sie werden sich wundern!

Wenn Sie dies und andres, woran mein Sommerbrief Sie erinnern mag, ein wenig meditieren, so werden Sie wohl auch jenen Gedanken wieder einmal in sich erwachen fühlen: daß die Krankheiten von heute die Gesundheiten von morgen sein können und umgekehrt. Wenn jene anscheinend so robusten und verflucht gesunden Geld- und Maschinenmenschen glücklich noch eine Generation lang weiter vertrottelt sind, dann werden sie vielleicht Ärzte, Lehrer, Künstler und Magier halten und hoch bezahlen, welche sie wieder in die Geheimnisse des Schönen und der Seele einführen. [1928]

Zinnienstrauß. Aquarellierte Federzeichnung
Hesses, um 1930

Herbstbeginn

Der Herbst streut weiße Nebel aus,
Es kann nicht immer Sommer sein!
Der Abend lockt mit Lampenschein
Mich aus der Kühle früh nach Haus.

Bald stehen Baum und Garten leer,
Dann glüht nur noch der wilde Wein
Ums Haus, und bald verglüht auch der,
Es kann nicht immer Sommer sein.

Was mich zur Jugendzeit erfreut,
Es hat den alten frohen Schein
Nicht mehr und freut mich nimmer heut –
Es kann nicht immer Sommer sein.

O Liebe, wundersame Glut,
Die durch der Jahre Lust und Mühn
Mir immer hat gebrannt im Blut –
O Liebe, kannst auch du verglühn?

Zwischen Sommer und Herbst

Ein gutes Stück von diesem Sommer habe ich verloren, durch schlechtes Wetter, durch Kranksein, durch dies und das; aber diese Zeit zwischen Sommer und Herbst, die Zeit der letzten heißen Nächte und der ersten Astern, sauge ich mit allen Poren ein, sie ist für mich die Höhe und Erfüllung des ganzen Jahres, und wenn ich im Winter oder Frühling an sie denke, so weckt das Gedächtnis lauter schöne, holde und vergängliche Bilder: das Bild einer voll aufgeblühten Rose, wie sie sich schwer auf dem Stiele neigt und ganz in ihrem süßen Dufttraume bezaubert ist, oder das Bild eines Pfirsichs, eines purpurn angeflogenen reifen Pfirsichs, wie man ihn im rechten Augenblicke vom Spalier pflückt, in dem Augenblick nämlich, wo er der eigenen Süße und schweren Reife so gesättigt ist, daß er nicht mehr leben will, sich nicht mehr wehrt, wo er ergeben uns in die Hand fällt, sobald wir ihn nur berühren. Oder das Bild einer schönen Frau auf der Höhe des Lebens und der Liebesfähigkeit, mit den gelassenen Zügen, den würdigen Bewegungen der Reife, des Wissens und der Machtfülle, und mit dem rosenhaften Hauch von Schwermut, dem stillen Ergebensein in die Vergänglichkeit.

In diesen Tagen, welche höchstens bis zur Mitte des Septembers dauern können, in diesen spätsommerlich glühenden Tagen, wo im hart gewordenen Laub die Trauben blau zu werden beginnen, wo nachts um die Lampe meines Arbeitszimmers die tausend kleinen juwelenschimmernden Falterchen, Glasflügler und Käfer summen, wo am Morgen in den großen mattglänzenden Spinnennetzen des Gartens die Tautropfen schon so herbstlich funkeln, während doch eine Stunde später Erde und Pflanzenwelt in stumm brütender Hitze dampft – in diesen Tagen zwischen Sommer und Herbst, die ich von Kind an besonders geliebt habe, kommt mir alle Empfänglichkeit für die zarten Stimmen der Natur wieder, alle Neugierde auf die flüchtigen Farbenspiele, alles jägerhafte Belauschen und Belauern der winzigen Vorgänge: wie ein vorzeitig welkendes Rebenblatt sich in der Sonne dreht und einrollt, wie eine kleine goldgelbe Spinne sich an ihrem Faden schwebend vom Baume sinken läßt, sanft wie Flaum, wie eine Eidechse auf besonntem Stein rastet und sich ganz flach macht, um die Strahlung vollkommen auszukosten, oder wie am Zweige eine blaßrote Rose sich auflöst, und nach dem lautlosen Dahinsinken ihrer Last der erleichterte Zweig ein klein wenig emporschnellt. Dies alles spricht dann wieder zu mir mit der Schärfe und Wichtigkeit, die es einst für meine Knabensinne hatte, und tausend Bilder aus vielen lang vergangenen Sommern werden in mir wieder lebendig, erscheinen hell oder behaucht auf der launisch spiegelnden Tafel der Erinnerung: Knabenstunden mit Schmetterlingsnetz und Botanisierbüchse, Spaziergänge mit den Eltern und die Kornblumen auf dem Strohhut meiner Schwester, Wandertage mit Blicken von schwindelnden Brücken in brausende Gebirgsflüsse hinab, unerreichbar auf bespritzten Felsklippen schaukelnde Steinnelken, bleichrosa blühender Oleander im Gemäuer italienischer Landhäuser, bläulicher Höhenrauch über heidebewachsenen Hochflächen im Schwarzwald, Gartenmauern am Bodensee, überm sanft klatschenden Wasser hängend, in der gebrochenen Spiegelfläche ihre Astern, Hortensien und Geranien beschauend. Es sind mannigfache Bilder, aber allen ist gemeinsam die gedämpfte Glut, der Duft von Reife, etwas Mittägliches und Wartendes, etwas vom zärtlichen Flaum des Pfirsiches, etwas von der halbbewußten Schwermut schöner Frauen auf der Höhe ihrer Reife.

Blumengarten über dem Seetal.
Aquarellierte Federzeichnung Hesses, 1928

Wenn man jetzt durchs Dorf und die Landschaft geht, findet man in den Bauerngärten zwischen den glühenden Kapuzinern die blauen und rotvioletten Astern blühen, und unter den Korallenfuchsien liegt die Erde voll von süßroten gefallenen Blüten. Man findet in den Rebgängen auf manchen Blättern schon den ersten Klang der Herbstfarben, jenes metallische, braunbronzene matte Schimmern, und an den noch halbgrünen Trauben sind erste blaue Beeren zu sehen, manche sind schon dunkelblau und schmecken süß, wenn man sie probiert. In den Wäldern klingt aus dem edlen Blaugrün der Akazien da und dort wie ein Hornsignal hell und rein das goldgelbe Getüpfel eines abgewelkten Zweiges, und von den Kastanienbäumen fällt da und dort verfrüht eine grüne stachlige Frucht. Die zähe, grüne Stachelschale ist schwer zu öffnen, die Stacheln scheinen so geschmeidig und dringen doch im Augenblick durch die Haut, heftig wehrt sich die kleine derbe Frucht ihres bedrohten Lebens. Und hat man sie herausgeschält, so hat sie die Konsistenz halbreifer Haselnüsse, schmeckt aber bitterer als diese.

Trotz der drückenden Wärme dieser Tage bin ich viel draußen. Ich weiß allzu gut, wie flüchtig diese Schönheit ist, wie schnell sie Abschied nimmt, wie plötzlich ihre süße Reife sich zu Tod und Welke wandeln kann. Und ich bin so geizig, so habgierig dieser Spätsommerschönheit gegenüber! Ich möchte nicht nur alles sehen, alles fühlen, alles riechen und schmecken, was diese Sommerfülle meinen Sinnen zu schmecken anbietet; ich möchte es, rastlos und von plötzlicher Besitzlust ergriffen, auch aufbewahren und mit in den Winter, in die kommenden Tage und Jahre, in das Alter nehmen. Ich bin sonst nicht eben eifrig im Besitzen, ich trenne mich leicht und gebe leicht weg, aber jetzt plagt mich ein Eifer des Festhaltenwollens, über den ich zuweilen selber lächeln muß. Im Garten, auf der Terrasse, auf dem

Türmchen unter der Wetterfahne setze ich mich Tag für Tag stundenlang fest, plötzlich unheimlich fleißig geworden, und mit Bleistift und Feder, mit Pinsel und Farben versuche ich dies und jenes von dem blühenden und schwindenden Reichtum beiseite zu bringen. Ich zeichne mühsam die morgendlichen Schatten auf der Gartentreppe nach und die Windungen der dicken Glyzinenschlangen und versuche die fernen gläsernen Farben der Abendberge nachzuahmen, die so dünn wie ein Hauch und doch so strahlend wie Juwelen sind. Müde komme ich dann nach Hause, sehr müde, und wenn ich am Abend meine Blätter in die Mappe lege, macht es mich beinahe traurig, zu sehen, wie wenig von allem ich mir notieren und aufbewahren konnte.

Dann esse ich mein Abendmahl, Obst und Brot, und sitze dabei in dem etwas düstern Zimmer schon ganz im Dunkeln, bald werde ich schon vor sieben Uhr das Licht anzünden müssen, und bald noch früher, und bald wird man sich an Dunkelheit und Nebel, an Kälte und Winter gewöhnt haben und kaum mehr wissen, wie die Welt einmal einen Augenblick lang so durchleuchtet und vollkommen war. Eine Viertelstunde lese ich dann, um auf andere Gedanken zu kommen, doch kann ich zu dieser Zeit nur auserlesen Gutes lesen ...

Wie es im Zimmer dunkel wird, draußen aber noch der Tag ausatmend nachleuchtet, stehe ich auf und gehe auf die Terrasse hinaus, dort blickt man über ziegelgedeckte und efeubewachsene Brüstungsmauern gegen Castagnola, Gandria und San Mamete hinüber, und sieht hinter dem Salvatore den Monte Generoso rosig verglühen. Zehn Minuten, eine Viertelstunde dauert dieses Abendglück.

Ich sitze im Lehnstuhl, mit müden Gliedern, mit müden Augen, aber nicht satt oder verdrossen, sondern voll Empfänglichkeit, und ruhe und denke an gar nichts, und auf der noch

Selbstgezüchtete Montagnoleser Delicatess=Edel-Sonnenblumen-Kerne, bestes Futter für Maler und Vögel.

sonnenwarmen Terrasse stehen meine paar Blumen im letzten Abendlicht, mit schwach leuchtendem Laube, langsam einschlummernd, langsam vom Tage Abschied nehmend. Fremd steht und etwas verlegen in ihrer exotischen Starre die große Opuntie mit den goldenen Stacheln, sie bleibt ganz allein für sich; meine Freundin hat mir diesen Märchenbaum geschenkt, er hat einen Ehrenplatz auf meiner Dachterrasse. Neben ihr lächeln die Korallenfuchsien und dunkeln die violetten Kelche der Petunien, aber Nelke und Wicke, Türkenbund und Sternblume sind längst verblüht. Zusammengedrängt in ihren paar Töpfen und Kistchen stehen die Blumen, und mit dem Dunkelwerden ihres Laubes beginnen ihre Blütenfarben heftiger zu glühen, ein paar Minuten lang leuchten sie so tiefbrennend wie Glasfenster in einem Dom. Und dann erlöschen sie langsam, langsam und sterben den täglichen kleinen Tod, um sich auf den großen einmaligen vorzubereiten. Unmerklich entschwindet ihnen das Licht, unmerklich wird ihr Grün ins Schwarze verwandelt und ihre frohen Rot und Gelb sterben in gebrochenen Tönen zur Nacht hinüber. Manchmal kommt noch spät ein Falter zu ihnen geflogen, ein Schwärmer mit träumerisch schwirrendem Flug, bald aber ist der kleine Abendzauber vergangen, dunkel steht und plötzlich schwer geworden die Reihe der Berge drüben; aus dem hellgrünen Himmel, an dem man noch keinen Stern sehen kann, zucken in hastigem Flug die Fledermäuse und verschwinden blitzschnell. Tief unter mir im Tal geht ein Mann in weißen Hemdärmeln durchs Gras der Wiese und mäht, aus einem der Landhäuser am Dorfrand weht halbverwischt und einschläfernd ein wenig Klavierspiel herüber.

Da ich ins Zimmer zurückkehre und Licht anzünde, flügelt ein großer Schatten durchs Zimmer, und leise rauschend schwebt ein großer Nachtfalter gegen den grünen Glaskelch über dem

Beim Blumengießen

(Spätsommer 1932)

Noch einmal, ehe der Sommer verblüht,
Wollen wir für den Garten sorgen,
Die Blumen gießen, sie sind schon müd,
Bald welken sie weg, vielleicht schon morgen.

Noch einmal, ehe aufs Neue die Welt
Irrsinnig wird und von Kanonen gellt,
Wollen wir an den paar schönen Dingen
Uns freuen und ihnen Lieder singen.

Illustriertes Typoskript eines Gedichtes aus dem Jahr 1932

Licht. Er setzt sich, hell bestrahlt, auf dem grünen Glase nieder, schlägt die langen schmalen Flügel zusammen, zittert mit dünn befiederten Fühlern, und seine schwarzen kleinen Augen glänzen wie feuchte Pechtropfen. Über seine geschlossenen Flügel läuft eine vielfach geäderte zarte Zeichnung wie Marmor, da spielen alle matten, gebrochenen, gedämpften Farben, alle Braun und Grau, alle Farbtöne welkender Blätter durcheinander und klingen sammetweich. Wenn ich ein Japaner wäre, so hätte ich von den Vorfahren her eine ganze Anzahl von genauen Bezeichnungen für diese Farben und ihre Mischungen geerbt und vermöchte sie zu benennen. Aber auch damit wäre nicht viel getan, so wie mit dem Zeichnen und Malen, dem Nachdenken und Schreiben nicht viel getan ist. In den braunroten, violetten und grauen Farbflächen der Falterflügel ist das ganze Geheimnis der Schöpfung ausgesprochen, all ihr Zauber, all ihr Fluch, mit tausend Gesichtern blickt das Geheimnis uns an, blickt auf und erlischt wieder, und nichts davon können wir festhalten. [1930]

Verantwortlich für ein Stückchen Erde

Wäre ich in meiner Einsamkeit geblieben, hätte ich nicht nochmals einen Lebenskameraden gefunden, so wäre es wohl nie dazu gekommen, daß ich das Camuzzihaus wieder verlassen hätte, obwohl es in vielen Beziehungen für einen alternden und nicht mehr gesunden Menschen unbequem war. Ich habe in diesem märchenhaften Haus auch bitter gefroren und allerlei andre Not gelitten. Darum war in den letzten Jahren je und je der Gedanke aufgetaucht, aber niemals recht ernst genommen worden: vielleicht doch noch einmal umzuziehen, ein Haus zu kaufen, zu mieten oder gar zu bauen, wo ich fürs Alter eine bequemere und gesundere Unterkunft hätte. Es waren Wünsche und Gedanken, nichts weiter.

Da ereignete sich das schöne Märchen: in der »Arch« in Zürich saßen wir an einem Frühlingsabend des Jahres 1930 und plauderten, und die Rede kam auf Häuser und Bauen, und auch meine gelegentlich auftauchenden Hauswünsche wurden erwähnt. Da lachte plötzlich Freund B. mich an und rief: »Das Haus sollen Sie haben!«

Auch dies war, so schien mir, ein Spaß, ein hübscher Spaß am Abend beim Wein. Aber der Spaß ist Ernst geworden, und das Haus, von dem wir damals spielerisch träumten, steht jetzt da, unheimlich groß und schön und soll mir für Lebenszeit zur Verfügung stehen. Wieder einmal unternehme ich es, mich neu einzurichten, und wieder geschieht es fürs »ganze Leben«, und diesmal wird das vermutlich stimmen. [1931]

Irgendwo heimisch zu sein, ein Stückchen Land zu lieben und zu bebauen, nicht bloß zu betrachten und zu malen, teilzuhaben am

Im Weinberg, Montagnola 1952

bescheidenen Glück der Bauern und Hirten, am vergilischen, in zweitausend Jahren unveränderten Rhythmus des ländlichen Kalenders, das schien mir ein schönes, zu beneidendes Los, obwohl ich selbst es einstmals gekostet und erfahren hatte, daß es nicht genüge, um mich glücklich zu machen.

Und siehe, dies holde Los war mir jetzt noch einmal zugedacht, es war mir in den Schoß gefallen wie eine reife Kastanie dem Wanderer auf den Hut fällt, er braucht sie nur zu öffnen und zu essen. Ich war, wider alles Erwarten, noch einmal seßhaft geworden und besaß, nicht als Eigentum, aber doch als lebenslänglicher Pächter, ein Stück Land! Eben erst hatten wir unser Haus darauf gebaut und waren eingezogen, und jetzt begann für mich, aus vielen Erinnerungen her vertraut, noch einmal ein Stückchen bäuerlichen Lebens. Ich hatte es damit nicht mehr leidenschaftlich und heftig im Sinn, ich würde es mehr läßlich betreiben, mehr die Muße suchen als die Arbeit, mehr am blauen Herbstfeuer-Rauche träumen als Wälder roden und Pflanzungen anlegen. Immerhin, ich hatte eine schöne Weißdornhecke gepflanzt, und Sträucher und Bäume, und viele Blumen, und jetzt brachte ich diese Spätsommer- und Herbsttage, die unvergleichlichen, beinahe ganz im Gras und Garten hin, mit kleinen Arbeiten, mit dem Schneiden der jungen Hecke, dem Vorbereiten eines Gemüsegartens für den Frühling, dem Säubern der Wege, dem Reinigen der Quelle – und bei allen diesen kleinen Arbeiten hatte ich ein Feuer auf der Erde brennen, ein Feuer aus Unkraut, aus dürrem Gezweig und Dörnicht, aus grünen oder braunwelken Kastanienschalen.

Zuweilen im Leben, mag es im übrigen sein wie es wolle, trifft doch etwas wie Glück ein, etwas wie Erfüllung und Sättigung. Gut vielleicht, daß es nie lange währen darf. Für den Augenblick schmeckt es wundervoll, das Gefühl der Seßhaftigkeit, des

Heimathabens, das Gefühl der Freundschaft mit Blumen, Bäumen, Erde, Quelle, das Gefühl der Verantwortlichkeit für ein Stückchen Erde, für fünfzig Bäume, für ein paar Beete Blumen, für Feigen und Pfirsiche.

Jeden Morgen lese ich vor dem Atelierfenster ein paar Hände voll Feigen auf und esse davon, dann hole ich Strohhut, Gartenkorb, Hacke, Rechen, Heckenschere und begebe mich ins herbstliche Gelände. Ich stehe an der Hecke, befreie sie aus dem meterhohen Unkraut, das sie bedrängt, häufe in großen Haufen die Winden und den Knöterich, den Schachtelhalm und den Wegerich, entzünde ein Feuerchen am Boden, nähre es mit etwas Holz, decke es mit etwas Grünem, daß es langsam schmore, sehe den blauen Rauch sanft und stetig wie eine Quelle fluten und zwischen den goldenen Maulbeerkronen hinüber ins Blau des Sees, der Berge und des Himmels schwimmen. Es kommt allerlei nachbarliches, vertrauliches Geräusch zu mir von meinen Mitbauern, es stehen am Wasser meiner Quelle zwei alte Weiber und waschen Wäsche, und schwatzen, und beteuern ihre Erzählungen mit schönen Redewendungen, mit »magari« und »santo cielo!«. Es kommt vom Tal herauf ein hübscher barfüßiger Knabe, das ist Tullio, Alfredos Sohn, ich erinnere mich an das Jahr seiner Geburt, ich war damals schon Montagnolese, jetzt ist er elf Jahre alt. Sein violettes zerwaschenes Hemdchen steht schön vor der Seebläue, er bringt vier graue Kühe mit zur Herbstweide, mit rosigen und flaumigen Mäulern atmen sie prüfend den Streifen Feuerrauch, der ihre Nasen erreicht hat, reiben die Köpfe aneinander oder an den Maulbeerstämmen, traben zwanzig Schritt weiter, bleiben vor einer Rebenzeile stehen, werden vom kleinen Hirten ermahnt, wenn sie an den Reben zerren und läuten im Hinschreiten stetig mit den kleinen Halsglocken. Ich rupfe den Knöterich aus, es tut mir leid um ihn, aber meine Hecke ist mir lieber, und am feuchten Boden tritt allerlei Pflanzentum und Tierleben unter meinen säubernden Händen zutage: eine lichtbraune, schöne Kröte, sie weicht ein wenig vor meiner Hand zur Seite, bläht den Hals und schaut mich an, die Augen sind Edelsteine. Heuschrecken fliegen auf, aschgraue Tiere, die im Fliegen blaue und ziegelrote Flügel entfalten. Erdbeersträucher wachsen mit winzigen sorgfältig gezahnten Blättern, und eine davon trägt eine winzige weiße Blüte mit gelbem Stern. Tullio schaut seinen Kühen zu. Er ist ein Knabe von elf Jahren, und keine Schlafmütze, aber auch er schon in seinem drangvollen Knabenfrühling spürt die Luft der Jahreszeit, spürt die Sattheit nach dem Sommer, die Trägheit nach der Ernte, das träumerische Ruhebedürfnis, dem Winter entgegen. Er schlendert still und träge, bleibt oft viertelstundenlang regungslos, schaut aus den klugen braunen Augen in das blaue Land, zu den fernen weißleuchtenden Dörfern an den violetten Berghängen, nagt manchmal eine Weile an einer rohen Kastanie und wirft sie wieder weg. Endlich legt er sich nieder ins kurze Gras, zieht eine Weidenflöte heraus, fängt leise zu blasen an und probiert, was für Melodien sich auf ihr spielen lassen: sie hat nur zwei Töne. Die zwei Töne genügen zu vielen Melodien, sie genügen, mit ihrem Ton von Holz und Rinde, um die blaue Landschaft, den feurigen Herbst, den schläfrig ziehenden Rauch, die fernen Dörfer und den matt spiegelnden See zu besingen, und die Kühe und die Weiber am Brunnen, samt den braunen Schmetterlingen und den roten Steinnelken. Auf und ab geht seine Urmelodie, so hat sie schon Vergil gehört und auch schon Homer. Sie dankt den Göttern, sie preist das Land, den herben Apfel, die süße Traube, die kernige Kastanie, sie lobt dankbar das Blau, das Rot und das Gold, die Heiterkeit des Seetales, die Ruhe der fernen hohen Gebirge, und beschreibt und preist ein Leben, von dem die Städter nichts wissen und das weder so roh noch so lieblich ist, wie sie es sich denken, ein Leben, das nicht geistig und nicht heroisch ist, und das doch jeden geistigen und jeden heroischen Menschen im Tiefsten anzieht wie eine verlorene Heimat, denn es ist das Leben der ältesten und langlebigsten Menschengattung, der einfachsten und der frömmsten, das Leben des Landbebauers, ein Leben voll Fleiß und Mühe, aber ohne Hast und ohne eigentliche Sorge, denn sein Grund ist Frömmigkeit, ist Vertrauen zu den Gottheiten der Erde, des Wassers, der Luft, zu den Jahreszeiten, zu den Kräften der Pflanzen und der Tiere. Ich höre dem Liede zu, und decke eine Schicht Laub auf mein herabgebranntes Feuer, und möchte ohne Ende so stehen, so wunschlos und ruhig, und über die goldenen Maulbeerkronen hinweg in die farbenerfüllte, reiche Landschaft blicken, die so beruhigt und so ewig scheint, obwohl sie noch vor kurzem von den glühenden Strömen des Sommers durchwühlt war und bald von den Schneefällen und Stürmen des Winters heimgesucht wird.

[1931]

Eigenhändig geschriebenes und illustriertes Titelblatt zu Hesses 1935 entstandener Hexameterdichtung »Stunden im Garten«

Stunden im Garten

Morgens so gegen die sieben verlaß ich die Stube und trete
Erst auf die lichte Terrasse, dort brennt die Sonne schon wacker
Zwischen den Schatten vom Feigenbaum, die rauhe granitne
Brüstung fühlt sich schon warm an. Hier liegt und wartet mein
Werkzeug,
Jedes Stück mir vertraut und befreundet: der runde Korb für
das Unkraut,
Die Zappetta, das Häckchen mit kurzem Stiel (zwischen Holze
und Eisen
Hab ich ein Streifchen Schuhleder gefügt, dem Rat eines alten
Klugen Tessiners folgend, auch halt ich im Feuchten verwahrt es,
Daß es nicht klaffe und stets bereit sei, man braucht es ja immer).
Auch ein Rechen steht hier und zu Zeiten Hacke und Spaten,
Gießkannen zwei, gefüllt mit sonnegewärmtem Wasser.
Korb und Häckchen nehm ich zur Hand und trete, der Sonne
entgegen,
Meinen Morgenweg an, an den schon verblühten und matten
Rosen vorüber und meinem Blumenwald bei der Treppe,
Wo um die Kletterrose, die am Granit sich emporrankt,
Vielerlei Blumen und Kräuter sich ineinander verwirren,
Gladiolen viele, und Frauenherz, echter Jasmin auch,
Natalinas Gabe, Arabis und Sonnenblumen, die sind hier
Zwar vom Winde gefährdet, ich muß bei jedem Gewitter,
Jedem Föhntag zittern um sie, und pflanzte sie dennoch,
Weil sie mir lieb sind und ich ihnen hier am öftsten begegne.
Bis ins vergangene Jahr stand hier auch, Fremdling im Grünen,
Ein gewaltiger Kaktus der Treppe nah, von der Größe
Eines zehnjährigen Knaben vielleicht; durch mehrere Jahre

Hielt er sich gut und wuchs stark und hielt mit bewaffneten
Händen
Jegliche Nachbarschaft sich vom Leibe, nur unten am Fuße
Siedelte sich, wer weiß woher, ein bräunlicher, zwerghafter
Klee an,
Den er duldete und mit ihm Kameradschaft zu haben
Sichtlich zufrieden war. Doch vorm Jahr im schneereichen
Winter
Knickte die Schneelast ihm mehrere fleischige Zweige,
und langsam
Drang von den Wunden her die Fäulnis fressend ins Innre.
Heut füllen kleinere Kräuter die traurige Lücke, und dort wo
Jener Fremdling einst wurzelte, pflanzt ich versuchsweis
Eine Akelei ein und hoffe, daß ihr der Ort nicht
Allzu sonnenreich sei, da ja ihre Heimat der Wald ist.
Nickend geh ich vorbei, doch schon nach wenigen Schritten
Auf dem Kiesplatz vorm Haus noch muß ich mich bücken,
es grünen
Zwei, drei junge Kräutchen im Kies und es liegen, schon gilbend,
Frühgefallene Blätter von Feige und Maulbeer, die ich entferne,
Denn so will's das Gefühl: man halte so sauber den Garten
Wie es nur eben gehn will, doch doppelt sauber ums Haus her,
Wo im Kiesplatz, im Rosenbeet und im Buchsbaum das Haus
sich
Fortsetzt, und erst vom Buchs an der Garten richtig beginnet.

·

Durch die Reben den Grashang hinab, den Strohhut tief in der
Stirne,
Steig ich die schöngelegten Steinstufen, Abhang um Abhang.
Schon ist verschwunden das Haus, ich seh den beschnittenen
Buchsbaum

Vor dem Atelier, Montagnola 1952

Starr in den glühenden Himmel ragen, es nimmt mich
der Garten,
Nimmt mich der steile Rebenhang auf, und schon sind
die Gedanken
Weg vom Hause, vom Frühstück, den Büchern, der Post und
der Zeitung.
Einen Augenblick noch verlocket das Fernblau die Augen
Freundlich zum Blick ins Gebirg und über den gleißenden
See hin,
Wo am Morgen die Berge so zart gestuft gegen's Licht stehn,
Welche dann, wie die Sonne dem Scheitel des Himmels
sich nähert,
Fester, massiger, wirklicher werden und gegen den Abend
Warm bestrahlt sich erschließen und bunt in täuschender Nähe
Ihre Felsen und Wälder und Dörfer herzeigen im Goldlicht.
Jetzt am Morgen sind nur die großen Linien der Grate
Sichtbar und Gipfel, blaugrau die vordern, die hintern
aufhellend
Immer lichter und dünner und silberner: aber die Augen
Wenden sich bald von dem blendenden Blick in den Ost und
beginnen
Alsbald ihr Tagwerk am Boden, des Gartens Herren und Wächter.
Hier erspähn sie im Erdbeergeschoß das junge Geranke,
Da und dort auch dazwischen ein Unkraut, nah schon
am Blühen,
Das man am besten sogleich wegnimmt, eh es Zeit hat, die Blüte
Auszubilden und rings zu verstreun den unzähligen Samen.
Auch der Fußweg, der schmale, im Zickzack dem Berg
eingeschnitten,
Fordert zuweilen Beachtung, weckt Sorgen oder macht Freude,
Je nachdem er sich hielt im letzten Regenguß: ob er

Brävlich die Wasser entließ ins Gras durch die seitlichen Rinnen,
Oder ob er – auch dies erlebt ich des öftern – vor Schrecken,
Einem Gewitterguß die gefährdeten Böschungen preisgab,
Daß Gerölle und Sand im Grase sich stauen, indessen
Tief das Weglein gespalten aufklafft in schartigen Rissen.
Hier in den schmalen Nebenterrassen ist außer dem Weinstock
Wenig gepflanzt, es ist zu steil und zu weit weg vom Wasser
Oder zu sehr von den Reben verschattet; immerhin sucht man
Auch diesem schwierigen Land noch abzugewinnen ein Kleines:
Niedere Bohnen etwa, Erdbeeren, auch Kohl oder Erbsen.
Hier auch hat, auf der besten und breitsten Terrasse, ihr Pflanzland
Natalina, die hochverdiente, die viele Jahre mir treu war,
Seit sie im Ruhestand lebt und nicht mehr die Küche verwaltet.
Und sie besorgt es treulich, im blechernen Kesselchen schleppt sie
Mist von Kaninchen herbei und Asche, den Boden zu düngen.
Aber da, wo der Weg jeweils den Beeten sich nähert,
Haben wir jedes Jahr ein paar Blumen stehen, denn täglich
Geht man den Weg ja, den steilen, gar oft, und wenn auch die Bohnen,
Wenn auch Erbsen und Kohl vielleicht schon braun und versengt stehn,
Immer bekommen doch noch die paar Blumen am Rande ihr Wasser,
Zinnien, rotviolett, oder Löwenmaul und Kapuziner.
Ihnen vorbei, deren Frische den lechzenden Abhang erheitert,
Steig ich vollends zum Stalle hinab; er ist zwar kein Stall mehr,
War es jedoch voreinstmals und heißt noch so. Seine Tiefe,
Selten geöffnet, birgt Kisten und Flaschen und manches Gerümpel,
Drüber im luftigen Bodenraum lagert der Vorrat an Holze,

Traubenernte, Montagnola 1935

Brennholz sowohl für den Ofen wie Stangen und Pfähle. Ein Schuppen
Nebenan Obdach gewähret dem mancherlei Werkzeug Lorenzos,
Der die Reben besorgt, sie schneidet und bindet im Frühling
Und im Sommer sie spritzt und schwefelt, im Spätherbst aber und Winter
Ihnen den Kuhmist zuträgt, den sie verlangen. Der Stall ist
Treffpunkt und Mitte des Gartens. Hier dehnt sich ein Stück weit
Ebener Boden, ein seltenes Gut in so steilem Gelände,
Wo jedem Baum, jeder Rebe der Standort nur künstlich und listig
In Terrassen dem Hang abgeschmeichelt wird. Hier aber liegt uns,
Klein zwar und schmal, ein Riemen, doch immerhin: ebenen Grundes
Ein willkommenes Stück; hier ziehn wir unsre Gemüse,
Hier verbringen wir, Mann wie Weib, einen Teil unsrer Tage,
Weit vom Hause, verborgen im Grün, und wir lieben dies Pflanzland
Sehr, denn wahrlich es ist hier an Wert und Vorteil nicht wenig
Angehäuft, das der Fremde (man würdigt des Anblicks nicht jeden)
Kaum erkennt, aber uns ist's bekannt und wir schätzen es dankbar.

Zwar an Pracht und Bedeutung ist diese Terrasse beim Stalle
Nicht jener obersten gleich, wo das Haus prangt, wo herrlich die Aussicht
In die Weite des Seetals reicht und nach Norden ins hohe Gebirge,

Wo die Rosen stehn und der Buchs den Platz umsäumt, wo
die Gäste
Rühmend die Lage des Hauses besprechen und wissen wollen,
wie dieser
Gipfel genannt wird und jener ... Nein, hier beim Stalle
ist's anders,
Hier, Freund, schwebst du nicht hoch, ein Herr über Seetal und
Ferne,
Blickst nicht »beinah bis Porlezza« und lauschst dem Entzücken
der Gäste,
Hier ist bäurisches Land, wo statt Palastes der Stall steht,
Dessen östliche Wand, von Rose und Rebe bewachsen,
Auch eine köstliche Birne beschirmt, sie reift im Oktober.
Zu ihren Füßen lachen verstreut ein paar Blumen auch; häufig
Sonnt sich hier die Smaragdeidechse und bläht ihren blauen
Pfauhals wollüstig im Licht. Daneben, der Südwand des Stalles
Angeschmiegt, lagert der alte Kompost vom vorvorigen Jahre,
Dunkle, lockere Erde, ein Schatz, und um ihn zu schmücken,
Hab ich alljährlich auf ihm ein paar Sonnenblumen. Sie neigen
Schwer überm windgebogenen Stamm die Häupter, sie nähren
Sich von der köstlichen Erde und nähren sie wieder, verwesend,
Wenn sie im Herbst, von den Vögeln entsamt und geknickt von
den Stürmen,
Ihre einst geilen und gierigen Leiber so müd und ergeben
Senken, der wartenden Erde und neuem Kreislauf entgegen.
Wunderlich ist's mit Gewächsen und Blumen, welchen bestimmt
ist,
Innerhalb eines einzigen Jahres, ja weniger Monde,
Alle Stufen des Lebens zu gehen vom Keim bis zum Tode!
Frühlings betrachten wir sie, wie man Kinder betrachtet,
belustigt

Schaun wir ihr hastiges Wachsen, die dümmlichen Blumen-
gesichter,
Rührend und drollig, unschuldig zugleich und gierig –
und plötzlich
Eines Tages im späteren Sommer erscheint uns dieselbe
Blume, die uns noch eben ein Kind schien, rätselhaft anders,
Scheint uns geheimnisbeladen, uralt und müde, und dennoch
Lächelt sie, wunderbar reif, überlegen, ein mahnendes Vorbild.
Hier also leuchten die goldenen Häupter der Sonnenblumen,
auch weiter
Jenseits des Weges im Garten erhebt sich aus der Gemüse
Niederem Wuchs noch manche, wie sie der Zufall gesät hat,
Alle konnten nicht bleiben, doch füttert und schont man sie
gern ja.
Doch zuvörderst nun achte des Schatzes, den hier wir besitzen:
Neben dem Stalle am Weg, dem reinlichen, steinebestreuten,
Öffnet sich unter dem hölzernen Deckel ein weiter und tiefer
Wasserbehälter, gespeist aus einer benachbarten Quelle,
Welche auch, nahe dem Wald, die Weiden tränkt und des
Nußbaums
Fuß befeuchtet. Das Volk von Montagnola will wissen,
Unser Quell sei besonderer Art, kalt nämlich im Sommer,
Aber des Winters lauwarm, dem Gras und den Menschen
ein Labsal.
Diesen Wasserbehälter, durch Röhren der Quelle verbunden,
Haben, nächst einem zweiten, entfernteren, wir erst errichtet,
Während in früherer Zeit der Quell im grasigen Abhang
Beinah nutzlos zerrann. Jetzt können wir, fordert's die Hitze,
Hundert und mehr Gießkannen voll sanft erwärmten, gestandnen
Wassers schöpfen und reichlich dem dürstenden Pflanzenvolk
spenden.

Auch das Gemüseland hier, das ebne, ist beidseits von Reben
Eingefaßt, doch ich plane, die eine Reih, die nach Südosten
Allzuviel Sonne wegnimmt, allmählich eingehn zu lassen.
Heiter liegen gereiht, von Rebe und Pfirsich beschattet,
Eins am andern die Beete. Zwar sind von diesen Gemüsen
Nahezu alle gesät und betreut von der Frau, doch zuweilen
Seh ich auch hier ein wenig zum Rechten. Denn groß ist die Arbeit,
Und es hat eine Hausfrau auch außer dem Garten viel Pflichten,
Küche nimmt sie und Wäsche in Anspruch, es kommen Besuche,
Kommen geladene Gäste, oft ist's ein ermüdendes Tagwerk.
Forschend durchwandert mein Blick die stattliche Reihe der Beete;
Wahrlich, sie stehen nicht schlecht, auch eine geborne Bäurin
Oder Gärtnersfrau hielte sie besser kaum. Wie die Karotten
Saftig stehen und sauber! Ich schätze beim Essen sie wenig,
Aber im Garten möcht ich sie niemals missen, es wehen
Ihre laubigen Büschel so weich und duften so kernig.
Und es ernährt sich auf ihnen die grüne Raupe des edlen
Schwalbenschwanzfalters, sein Flug entzückt uns oft im Gelände,
Und es mahnt mich der Duft des Karottenlaubes der Kindheit,
Da ich in manchem Sommer mit ihm meine Raupen gefüttert,
Selber mit kräftigen Zähnen die rote Rübe zerkrachend.
Ferne Jugend! Auch du wehst aus den Freuden des Gartens
In die herbstlichen Jahre mir sehnlich herüber und rührest
Oft so mahnend und herb und süß ans alternde Herz mir.
Da und dort entdeck ich ein Gras, ein fettes, das heimlich
Sich im Schatten der dichten Karotten gemästet und hochwuchs.
Tastend greif ich durchs Laub nach seiner schmarotzenden Wurzel,

»Meine neugepflanzte Hecke«. Aquarellierte Federzeichnung Hesses für Max Thomann, um 1932

Ziehe sie aus und werfe erbarmungslos in den Korb sie.
Hier ist der Petersilie Feld: Prezzemolo heißt sie
Hierzuland. Aber im Winter, wenn all die hier grünenden Beete
Tot und verschwunden und kalt vom Schnee des Dezembers bedeckt sind
Und der Pflanzen beraubt, dann steht der Prezzemolo einzig
Noch, der treue, und grünet, es schützt ihn ein Dach, das Lorenzo
Ihm aus Stangen erbaut und mit Reisig und Spargelkraut zudeckt.
Erst in diesem Jahre, nach mancher Erwägung und Sorge,
Haben wir dieses Gemüsland an zweien Stellen vergrößert,
Haben der Wiese ein paar Schritt Breite entzogen, Lorenzo
Spatete um und warf durchs Sieb die steinige Erde
Manchen Tag, es war noch halb Winter, und grub den nährenden Mist ein.
Eine der neuen Provinzen – Tomaten stehn dort – besuch ich
Nun zu nötiger Arbeit, ich möchte früh sie verrichten,
Eh der Feigenbaumschatten der steigenden Sonne muß weichen.
Schön in geraden Reihen, in fünfen, stehn meine Tomaten
(Meine, sag ich, denn ich bin's, der sie gepflanzt hat und hütet,
So wie andre Gemüse der Frau unterstehn und das Dasein verdanken)
Nahezu schon zu voller Höhe erwachsen, sie stehen
Saftig und strotzend im Laub, ich kann das Geheimnis verraten:
Jegliche Wurzel umgab ich mit feuchtem, lockerem Torfmull,
Dem ich ein Gran Kunstdünger beimischte. Probiert's! Es bewährt sich.
Saftig, sage ich, stehn sie im Laub, aus den knotigen Stielen
Sprießen unbändig nach allen Seiten die Blätter, und unter den Blättern

Da und dorten verbergen im grünen Dunkel die grünen
Jungen Früchte sich schwellend zu zweien und dreien: bald werden
Hochrot sie leuchten im Laub, des Sommers Erfüllung. Heut aber
Gilt nicht den Früchten mein Blick, er gilt vor allem den Stäben,
Welche den Pflanzen zur Stütze dienen. Sie stammen
Sämtlich vom nahen Wald, Kastanienstämmchen die meisten,
Doch auch Robinien sind darunter und einige Stämmchen von Eschen,
Mannshoch und wenig darüber, und mancher Stab ist an Höhe
Schon von der Pflanze erreicht. Denn es gibt, wie unter den Menschen
Immer auch unter den Pflanzen ein paar von besonderer Stärke,
Gierig im Wachstum und frech und rücksichtslos gegen die Nachbarn,
Welche man bald, ihrer Größe wegen und Stärke, bewundert,
Bald auch in ihrem durch nichts zu stillenden Ehrgeiz belächelt.
Sorglich prüf ich die Stäbe, daß jeglicher fest und gerad steh,
Prüfe dann Busch um Busch die Pflanzen, das Messer in Händen,
Denn es gilt zu beschneiden das wilde Wachstum, nicht mehr als
Zwei, drei Zweige belasse ich jeder, die andern entfern ich,
Und von den zahllosen Trieben, die aus den Achseln der Blätter
Überall geil aufsprießen, laß ich bloß wenige stehen,
Denn es neigt dieses üppige Kraut triebhaft zur Vergeudung.
Schnüre sodann entnehm ich der Tasche und binde die obern
Zweige sanft an die Stäbe, da haltlos sie sind in sich selber,
Und sie wachsen so schnell, daß alle fünf Tage es nottut,
Neu sie zu binden, stets trag ich die Tasche gestopft voll mit Schnüren.
Andere machen's mit Bast, es ist auch hübscher für's Auge,

Beim Aufbinden der Tomaten, Montagnola 1935

Mir aber war an Schnur niemals Mangel, die Bücherverleger
Senden mir täglich Pakete ins Haus, deren Schnüre ich sammle.
Während ich so den Tomaten aufwarte von Reihe zu Reihe,
Rückt der Vormittag vor und es sind entschwunden die Schatten,
Schwül entdampft es dem Boden und bitter duftet das Blattwerk,
Das im Korb neben mir, kaum abgeschnitten, schon hinwelkt,
Und die Sonne beginnt mehr als erträglich zu stechen.
So verzieh ich mich denn, noch vor vollendeter Arbeit,
Aus dem glüh'nden Bezirk, nach Schatten begierig. Den find ich
Nahe dem Stall unter Maulbeerbäumen. Hier schütt ich den Korb aus
Auf einen Unkrautberg, der da seit langem sich anhäuft
Und in Erde zurück die zerstörten Gestaltungen wandelt.
Wohlgeschützt und verborgen ist dieser Ort unter Maulbeern,
Die mit dem festen, großblättrigen Laub ihn immer beschatten,
Auch ein Pfirsichbäumchen steht da, ich pflanzte es selber,
Band es am Pfahl und erhoffe noch manche Frucht seiner Zweige.
Unterhalb läuft die Weißdornhecke, die Grenze des Grundstücks,
Etwas tiefer ein Feldweg, zwar wenig begangen, doch manchmal
Hock ich im Grase hier oder stehe, und unter mir gehen die Leute,
Wähnen allein sich und ohne Zeugen, denn niemand vermöchte
Mich zu erspähn, und sie reden vertraulich, etwa zwei Weiber,
Welche zum Reisigsammeln den Wald nach stürmischen Nächten
Früh aufsuchen, sie gehn in den schweren bäurischen Schuhen
Langsam vorüber, den Tragkorb am Rücken, bleiben oft stehen,
Schwatzen, lachen und klagen, erzählen dieses und jenes.
Vieles vernehm ich genau, die übrige Rede geht mählich

Mit Kater »Tiger«, Montagnola 1935

Gegen's Gehölz hin verloren, bis nur noch das trockene
Knacken
Der gebrochenen Äste herübertönt. Manchmal auch hör ich,
Und ich sag es nicht weiter, gedämpfte Hiebe des Gertels
In lebendiges Holz: da macht sich, tückisch bewaffnet,
Eine die Morgenstille zu nutze und haut verbotenerweise
Diesen und jenen Ast und vielleicht auch ein Stämmlein,
ein junges,
Ihren Vorrat zu mehren ... Dich preise ich, grünes Versteck du,
Unkrautgebirge im Schatten der Bäume, freundliche Zuflucht
Mancher Stunde, wenn ringsum die Sommerhitze sich austobt
Und auch die Vögel des Waldes verstummt sind, oder
vom Zimmer
Mich ein Unmut vertrieb oder Leid, ein Mißglücken der Arbeit,
Eines bösen Menschen gehässiger Brief, ein Versagen des Mutes.
Oh, und immer hast du gleich heiter und gut mich empfangen,
Oft mich Stunden beherbergt vollkommener, göttlicher Stille,
Kaum, daß etwa vom Wald ein Specht war zu hören. Ich danke
Manchen Traum und Gedanken dir, mancherlei Glück
der Versenkung.
Manchmal, wenn ich hier weile, halb müßig, halb fleißig, kommt
lautlos
Durch die Dschungel des Gartens und Weinbergs Löwe
gegangen,
Unser Kater, mein Freund, mein Brüderchen. Zärtlich miaut er,
Reibt den gesenkten Kopf an mir, blickt flehend, und wirft sich
Mit gelösten Gliedern zu Boden, zeigt Bauch mir und Kehle,
Die er stets schneeweiß trägt, und fordert zum Spielen heraus
mich.
Öfter auch springt er, genauestens zielend, mir rasch auf
die Schultern,

Schmiegt sich an und verweilt, sanft schnurrend, bis er
genug hat.
Andere Male grüßt er nur kurz im stillen Vorbeischlich,
Ist gedankenvoll, hat im Walde zu tun, und verschwindet
Mit dem vornehmen Gang, der Siamesin Sohn, unser Löwe.
Ihm lebt auch noch ein Bruder, ein ehmals unendlich geliebter,
Tiger genannt, der an Kehle und Bauch von gelblichem Braun ist,
Aber die zärtlichen einst, die unzertrennlichen Brüder,
Einer Schüssel und eines Lagers Genossen vor Zeiten,
Leben in bittrer Feindschaft heut, seit mit dem Hinwelken
der Kindheit
Männerleidenschaft sie und Männereifersucht trennte.

Jetzt auch flücht ich hierher, den Nacken glüh'nd von der Sonne,
Müde im Rücken, die Augen verwelkt, und will bis zum Mittag
Hier bei spielerisch mühlosem Tun mich erholen und weilen.
Vorher hol ich im Schuppen ein kleines handliches Rundsieb,
Hole auch Feuerzeug und Papiers eine Handvoll, denn selten
Halt ich an diesem Orte mich auf, ohne Feuer zu zünden.
Mancherlei Herkunft und Wurzel hat wohl diese Neigung
zum Feuern,
Von der knäbischen Lust am Zündeln bis rückwärts zum Opfer
Abels oder des Abraham, denn jede Gewohnheit, sei's Tugend,
Sei es Laster, ist ja bis tief in die Vorwelt verwurzelt,
Hat aber jedem Einzelnen ihren besonderen Sinn doch.
Mir zum Beispiel bedeutet das Feuer (nebst Vielem, das
es bedeutet)
Auch einen chymisch-symbolischen Kult im Dienste der
Gottheit,
Heißt mir Rückverwandlung der Vielfalt ins Eine, und ich bin
Priester dabei und Diener, vollziehe und werde vollzogen,

Wandle das Holz und Kraut zu Asche, helfe dem Toten
Rascher entwerden und sich entsühnen, und geh in mir selber
Oftmals dabei meditierend dieselben sühnenden Schritte
Rückwärts vom Vielen ins Eine, der Gottesbetrachtung ergeben.
So vollzog Alchymie die Prozesse und Opfer des Läuterns
Einst am Metall überm Feuer, erhitzte es, ließ es erkalten,
Gab Chemikalien zu und harrte auf Neumond und Vollmond,
Und indes am Metall sich vollzog die göttliche Wandlung,
Die es zum edelsten Gute, zum Stein der Weisen veredelt,
Tat der fromme Adept im eigenen Herzen dasselbe,
Sublimierte und läuterte sich, vollzog die Prozesse
Chemischer Wandlung in sich, meditierend, wachend
 und fastend,
Bis zum Ende der Übung, nach Tagen oder nach Wochen,
Gleich dem Metalle im Tiegel auch seine Seele entgiftet,
Seine Sinne geläutert und er bereit war zur mystischen Einung.
Nun, ich sehe euch lächeln, o Freunde, und wohl mögt
 ihr lächeln,
Daß mein Kauern und Schüren am Boden, mein Zündeln und
 Köhlern,
Meine kindliche Lust am einsamen Träumen und Brüten
So sich mit Gleichnissen schmücke, ja brüste. Indessen,
 ihr Lieben,
Wisset ihr, wie es gemeint ist, und wie ich ja all mein Dichten
 verstehe,
Als Beschönigung nicht, als Bekenntnis nur, und ihr duldet
Also mein Phantasieren ... Ich kauere also im Schatten
Zwischen dem Unkrautberg und der Hecke, reibe das Zündholz,
Lasse Papier aufflammen und leg ein paar Halme und Blätter
Lose darüber, dann mehr, erst Trocknes nur, schließlich
 auch Grünes,

Federzeichnung von Gunter Böhmer

Später, im Herbste, lieb ich das offne, flammende Feuer,
Jetzt aber, wegen der Wärme und auch aus Mangel an Holze
(Welches dann später die Stürme der Äquinoktien liefern),
Streb ich danach, ein bedecktes, ein still in sich glosendes Feuer,
Einen ruhig rauchenden Meiler zu pflegen, der halbe
Oder auch ganze Tage leis fortglimmt. Drum nennt mich auch
»Köhler«
Oft meine Gattin, des Rauchgeruchs wegen und wohl auch
Meiner Neigung wegen zum Glauben, sie teilet ihn selber
Nicht und duldet ihn doch an mir, und mit mehr als
Bloßer Geduld, ich will ihrer dafür im Rauchopfer gedenken,
Die heut außer dem Haus weilt, im Tal, in der Stadt, in Lugano.
Noch einen Köhlerglauben, noch einen von vielen, bekenn ich:

Daß ich vom Erdebrennen viel halte; man übt es, so scheint mir,
Heute nicht mehr, die Chemie hat andere Mittel gefunden,
Erde zu bessern, zu läutern, zu fetten oder entsäuern,
Auch hat niemand mehr Zeit in unseren Tagen, zu sitzen
Und sich Erden zu brennen am Feuer – wer zahlte den Taglohn?
Ich aber bin ein Dichter und zahl es mit mancher Entbehrung,
Manchem Opfer vielleicht, dafür hat Gott mir gestattet,
Nicht bloß in unseren Tagen zu leben, sondern der Zeit mich
Oft zu entschlagen und zeitlos zu atmen im Raume, einst galt das
Viel und wurde Entrückung genannt oder göttlicher Wahnsinn.
Heute gilt es nichts mehr, weil heute so kostbar die Zeit scheint,
Zeitverachtung aber ein Laster sei. »Introversion« heißt
Bei den Spezialisten der Zustand, von dem ich hier spreche,
Und bezeichnet das Tun eines Schwächlings, der sich den Pflichten
Seines Lebens entzieht und im Selbstgenuß seiner Träume
Sich verliert und verspielt und den kein Erwachsener ernst nimmt.

Nun, so werden von Menschen und Zeiten die Güter verschieden
Eingeschätzt, und es sei mit dem Seinen ein jeder zufrieden.
Aber zurück zur Erde! Ich sprach vom Brennen und Köhlern,
Das ich so gern betreibe und das heut nicht mehr modern ist.
Einstmals herrschte der Glaube, man könne durch Brennen die Erde
Heilsam erneuern und fruchtbar machen, zum Beispiel bei Stifter,
Einem Dichter, von dem ich viel halte, »brennen« die Gärtner
Sich verschiedene Erden, und so versuche auch ich es.
Aus dem Abfall, dem Grünzeug, den Wurzeln, die ich verbrenne,

Alle mit Erde gemischt, entstehet teils dunkle, teils helle,
Rötliche teils, teils graue Asche, sie lagert am Grunde
Meiner Feuerstelle, so fein wie das feinste Mehl oder Pulver.
Diese dann, peinlich gesiebt, bedeutet den Stein mir der Weisen,
Ist mir Ertrag und köstliche Frucht der verköhlerten Stunden,
Die ich in kleinem Kessel wegtrage und sparsam im Garten verteile,
Nur die geliebteren Blumen und etwa das Gärtchen der Gattin
Würdige ich eines Anteils an diesem sublimen Erträgnis
Meditativer Feuer und Opfer. Auch heute bedeck ich,
Kauernd wie ein Chinese, den Strohhut tief über den Augen,
Sorgsam die schwelende Glut abwechselnd mit Trocknem und Feuchtem,
Und es geht mir noch einmal das ganze Zeug durch die Hände,
Das ich hier angesammelt auf großem Haufen. Da liegen
Alle Arten von Kraut und Unkraut, Schmarotzer der Beete,
Liegt geschoßner Salat und Gurkengrün und dazwischen
Oft noch ein Stäbchen aus Holz mit drein geklemmtem Papierchen,
Zeichen einst, daß ein Beet in Hoffnung mit Samen bestellt sei,
Unnütz längst, überholt, so wie die Weisheit der Alten
Und der Heiligen Schrift heut überholt ist und mancher
Sie mit den Füßen tritt und belacht gleich diesem Haufen von Abfall.
Dem Besinnlichen aber, dem Müßiggänger und Träumer,
Dem Empfindsamen sind sie wertvoll, ja heilig, wie alles,
Was das Menschengemüt in Betrachtung und Denken beruhigt,
Daß es der Leidenschaften und Triebe besonnener Herr wird.
Aber auch jene Leidenschaft, jene heftige Lust muß man zähmen,
Welche die andern verbessern, die Welt erziehen, Geschichte
Aus Ideen gestalten will, denn es ist leider die Welt nun

So beschaffen, daß dieser Trieb edlerer Geister, wie alle
Andern Triebe am Ende zu Blut und Gewalttat und Krieg führt,
Und das Weisesein bleibt Alchymie und Spiel für die Weisen,
Während die Welt von rohern, doch heftigern Trieben regiert
wird.
Also bescheiden wir uns, und setzen wir möglichst dem Weltlauf
Auch in drangvoller Zeit jene Ruhe der Seele entgegen,
Welche die Alten gerühmt und erstrebt, und tun wir das Gute.
Ohne an Ändrung der Welt gleich zu denken; auch so wird sich's
lohnen.

Ringsum schweigt und lastet der heiße Mittag, kein Laut ist
In den Lüften als fern und tief auf der Straße im Tale
Etwa ein Wagenrollen und manchmal ein Knistern im Feuer,
Wenn der Brand eine Wurzel durchdörrt hat und gierig
verzehret.
Ruhend, doch nie ganz müßig, knie ich am Boden und fülle
Sanft mit den Händen das schön gerundete Sieb mit der Asche,
Die noch von früheren Feuern stammt, und mische Erde
dazwischen,
Alte, warmfeuchte, vom Grund des Haufens, durchzogen
Leise von Gärung und Moder, und schüttle das lockre Gemische
Sachte, daß unter dem Siebe ein kleiner Kegel heranwächst
Feinster aschiger Erde. Und ohne zu wollen, verfall ich
So beim Schütteln in feste, einander gleichende Takte.
Aus dem Takt wiederum erschafft die nie müde Erinnrung
Eine Musik, ich summe sie mit, noch ohne mit Namen
Sie und mit Autor zu kennen, dann weiß ich es plötzlich:
von Mozart
Ist's ein Quartett mit Oboe ... Und nun beginnt im Gemüt mir
Ein Gedankenspiel, dessen ich mich schon seit Jahren befleiße,

Glasperlenspiel genannt, eine hübsche Erfindung,
Deren Gerüst die Musik und deren Grund Meditation ist.
Josef Knecht ist der Meister, dem ich das Wissen um diese
Schöne Imagination verdanke. In Zeiten der Freude
Ist sie mir Spiel und Glück, in Zeiten des Leids und der Wirren
Ist sie mir Trost und Besinnung, und hier am Feuer, beim Siebe,
Spiel ich es oft, das Glasperlenspiel, wenn auch längst noch wie Knecht nicht.
Während der Kegel sich türmt und vom Siebe das Erdmehl herabrinnt,
Während mechanisch dazwischen, sobald es nötig, die Rechte
Meinen rauchenden Meiler bedient oder neu mit Erde das Sieb füllt,
Während vom Stall her die großen Blumensonnen mich anschaun
Und hinterm Rebengezweig die Ferne mittagsblau duftet,
Hör ich Musik und sehe vergangne und künftige Menschen,
Sehe Weise und Dichter und Forscher und Künstler einmütig
Bauen am hunderttorigen Dom des Geistes – ich will es
Einmal später beschreiben, noch ist der Tag nicht gekommen.
Aber er komme nun früh oder spät oder komme auch niemals,
Immer wird mich, so oft ich des Trostes bedarf, Josef Knechtens
Freundlich sinnvolles Spiel, den alten Morgenlandfahrer,
Aus den Zeiten und Zahlen entrücken zu göttlichen Brüdern,
Deren harmonischer Chor auch meine Stimme mit aufnimmt.

Horch, da weckt mich, nachdem eine Stunde, nachdem eine kleine
Ewigkeit sanft mich gewiegt, eine frische Stimme. Vom Hause
Ruft mir, von Stadt und Einkauf zurückgekommen, die Gattin,
Und ich rufe zurück und erhebe mich, lege die letzten

Hände voll roher Materie auf mein alchymisches Feuer,
Bringe das Sieb in den Schuppen und steige im blendenden Glaste
Unseren Zickzackweg bergan zum Kiesplatz und Hause,
Sie zu begrüßen und ihr für ihre bevorzugten Blumen,
Für ihren Mohn und Zwergrittersporn, eine reichliche Gabe
Dunkelster Aschenerde als Dung zu versprechen. Und gerne
Tret ich, jetzt plötzlich die Glut und die Müdigkeit fühlend, die Stufen
Vollends hinan und hinein in den kühlen Schatten des Hauses,
Wasche die Hände, und schon lädt meine Frau mich zu Tische,
Schöpft die Suppe, erzählt von der Stadt und meint, es wär' an der Zeit wohl,
Daß ich das nächste Mal sie dorthin begleite, die Haare
Hingen mir wieder so lang im Nacken, man müsse
Sie mir schneiden, ich sei ja schließlich ein Mensch und kein Waldgott.
Dann erkundigt sie sich, meine Abwehr wenig beachtend,
Nach dem Garten, und bald beschäftigt uns lebhaft die Frage,
Ob es heute abend nottue, ihn ganz oder größerenteils doch
Zu begießen (es ist dies eine Arbeit für Stunden
Und nicht die leicht'ste fürwahr) oder ob von dem neulichen Regen
Noch etwas Feuchte geblieben sei, welches wir schließlich bejahen,
Um unser Mahl mit Himbeeren, den köstlichen roten und gelben
Von der oberen Quellenterrasse zufrieden zu enden.

Baumblüte im Weinberg, Montagnola 1945

Die »Casa rossa« in Montagnola, die Ninon und Hermann Hesse seit 1931 bewohnten

Der Pfirsichbaum

Heut nacht ging der Föhn gewaltig und erbarmungslos über das geduldige Land, über die leeren Felder und Gärten, durch die dürren Reben und den kahlen Wald, zerrte an jedem Ast und Stamm, heulte fauchend vor jedem Hindernis, klapperte knöchern im Feigenbaum und trieb Wolken welken Laubes in Wirbeln bis in alle Höhen. Sauber in große Haufen hingestrichen lag es am Morgen, plattgedrückt und geduckt, hinter jeder Ecke und jedem Mauervorsprung, die einen Windschutz boten.

Und als ich in den Garten kam, war ein Unglück geschehen. Der größte von meinen Pfirsichbäumen lag am Boden, nahe über der Erde abgebrochen und über die steile Böschung des Rebbergs hinabgestürzt. Sie werden ja nicht sehr alt, diese Bäume, und gehören nicht zu den Riesen und Helden, sie sind zart und anfällig, gegen Verletzungen überempfindlich, ihr harziger Saft hat etwas von altem, überzüchtetem Adelsblut. Es war kein besonders edler oder schöner Baum, der da gefallen war, aber er war eben doch der größte meiner Pfirsichbäume gewesen, ein alter Bekannter und Freund, schon länger als ich auf diesem Grundstück heimisch. Jedes Jahr hatte er bald nach der Mitte des März seine Knospen geöffnet und seine rosig blühende, schaumige Krone kraftvoll vom Blau des Schönwetterhimmels und unendlich zart vom Grau eines Regenhimmels abgehoben, hatte in den launigen Böen frischer Apriltage geschaukelt, durchflogen von den goldenen Flammen der Zitronenfalter, hatte sich gegen den bösen Föhn gestemmt, war still und wie träumerisch im nassen Grau der Regenzeiten gestanden, leicht gebeugt zu seinen Füßen niederblickend, wo mit jedem Regentag das Gras der steilen Rebhänge grüner und fetter wurde. Manchmal hatte ich einen kleinen blühenden Zweig von ihm mit ins Haus und Zimmer genommen, manchmal ihm zur Zeit, wo die Früchte schwer zu werden begannen, mit einer Stütze geholfen, manchmal auch hatte ich in frühern Jahren, frech genug, ihn in seiner Blütezeit zu malen versucht. In allen Jahreszeiten hatte er dagestanden, seinen Ort in meiner kleinen Welt gehabt und mit dazu gehört, hatte Hitze und Schnee, Sturm und Stille miterlebt, hatte seinen Ton zum Liede, seinen Klang zum Bilde beigetragen, war allmählich hoch über die Rebenpfähle hinausgewachsen und hatte Generationen von Eidechsen, Schlangen, Schmetterlingen und Vögeln überdauert. Er war nicht ausgezeichnet, nicht besonders beachtet, aber unentbehrlich gewesen. Zur Zeit der beginnenden Reife hatte ich jeden Morgen den kleinen Abstecher vom Treppenwegchen zu ihm hinüber gemacht, die in der Nacht gefallenen Pfirsiche aus dem feuchten Grase gelesen und sie in der Tasche, im Korb oder auch im Hut mit zum Hause hinauf gebracht und auf die Terrassenbrüstung an die Sonne gelegt.

Nun war am Ort, der diesem alten Bekannten und Freund gehört hatte, ein Loch entstanden, die kleine Welt hatte einen Riß, durch den das Leere, das Finstre, der Tod, das Grauen hereinblickte. Traurig lag der gebrochene Stamm, das Stammholz sah mürbe und etwas schwammig aus, die Äste waren im Sturz geknickt, in zwei Wochen vielleicht hätten sie wieder einmal ihre rosenrote Frühlingskrone getragen und den blauen oder grauen Himmeln entgegengehalten. Nie mehr würde ich einen Zweig, nie mehr eine Frucht von ihm pflücken, nie mehr die eigenwillige und etwas phantastische Struktur seiner Verästelung nachzuzeichnen versuchen, nie mehr am heißen Sommermittag vom Treppenweg zu ihm hinübergehen, um einen Augenblick in seinem dünnen Schatten zu rasten. Ich rief Lorenzo, den

Gärtner, und wies ihn an, den Gestürzten zum Stall zu tragen. Da würde er am nächsten Regentag, wenn es gerade keine andre Arbeit gab, zu Brennholz zersägt werden. Unmutig sah ich ihm nach. Ach, daß auch auf Bäume kein Verlaß ist, daß auch sie einem abhanden kommen, einem wegsterben, einen eines Tages im Stich lassen und ins große Dunkel hinüber verschwinden können!

Ich sah Lorenzo nach, der schwer an dem Stamm zu schleppen hatte. Leb wohl, mein lieber Pfirsichbaum! Wenigstens bist du, und dafür preise ich dich glücklich, einen anständigen, einen natürlichen und richtigen Tod gestorben, hast dich gestemmt und gehalten, bis es nicht mehr ging und dir der große Feind die Glieder aus den Gelenken drehte. Du hast nachgeben müssen, bist gestürzt und von deiner Wurzel getrennt worden. Aber du bist nicht von Fliegerbomben zersplittert, nicht von teuflischen Säuren verbrannt, nicht wie Millionen aus der heimatlichen Erde gerissen, mit blutenden Wurzeln wieder flüchtig eingepflanzt und bald aufs neue gepackt und heimatlos gemacht worden, du hast nicht Untergang und Zerstörung, Krieg und Schändung um dich her erleben und im Elend absterben müssen. Du hast ein Schicksal gehabt, wie es deinesgleichen zukommt und ansteht. Dafür preise ich dich glücklich; du bist besser und schöner alt geworden und bist würdiger gestorben als wir, die wir uns in unsern alten Tagen gegen das Gift und Elend einer verpesteten Welt zu wehren haben und jeden Atemzug sauberer Luft der ringsum fressenden Verderbnis abkämpfen müssen.

Als ich den Baum hatte liegen sehen, hatte ich wie immer bei einem solchen Verluste an Ersatz gedacht, an Neupflanzen. An der Stelle des Gestürzten würden wir ein Loch graben und es eine gute Weile offen stehen lassen, der Luft, dem Regen und der Sonne ausgesetzt, in das Loch würden wir mit der Zeit etwas

Voll Blüten

Voll Blüten steht der Pfirsichbaum,
Nicht jede wird zur Frucht,
Sie schimmern zart wie Rosenschaum
Durch Blau und Wolkenflucht.

Wie Blüten gehn Gedanken auf,
Hundert an jedem Tag.
Lass blühen, lass dem Ding den Lauf,
Frag nicht nach dem Ertrag!

Es muss auch Spiel und Unschuld sein
Und Blütenüberfluss,
Sonst wär die Welt uns viel zu klein
Und Leben kein Genuss.

×

Mist, etwas Dung vom Unkrauthaufen, und allerlei mit Holzasche gemischte Abfälle tun, und dann eines Tages, womöglich bei einem sanften lauen Regen, ein neues, junges Bäumchen pflanzen. Es würde auch diesem Jungen, diesem Baumkind, Erde und Luft hier leidlich behagen, auch es würde zum Kameraden und guten Nachbarn der Reben, der Blumen, der Eidechsen, der Vögel und der Schmetterlinge werden, würde in ein paar Jahren Früchte tragen, würde jeden Frühling in der zweiten Hälfte des März seine lieben Blüten treiben und, wenn das Schicksal ihm wohlwollte, einmal als ein alter müdgewordener Baum irgendeinem Sturm oder Erdrutsch oder Schneedruck zum Opfer fallen.

Aber ich konnte mich diesmal nicht zum Nachpflanzen entschließen. Ich hatte ziemlich viele Bäume in meinem Leben gepflanzt, es kam auf den einen nicht an. Und es wehrte sich etwas in mir dagegen, auch hier und diesmal wieder den Kreislauf zu erneuern, das Rad des Lebens aufs neue anzutreiben, dem gefräßigen Tode eine neue Beute heranzuzüchten. Ich mochte nicht. Die Stelle soll leer bleiben. [1945]

Der Gärtner träumt

Was hat die Traumfee in der Wunderbüchse?
Vor allem ein Gebirg von bestem Mist!
Dann einen Weg, auf dem kein Unkraut wüchse,
Ein Katzenpaar, das keinen Vogel frißt.

Ein Pulver auch, mit dem bestreut alsbald
Blattläuse sich in Rosenflor verwandeln,
Robinien jedoch zum Palmenwald,
Mit dessen Ernte wir gewinnreich handeln.

O Fee, und mache daß uns Wasser flösse
An jedem Ort, den wir bepflanzt, besät;
Gib uns Spinat, der nie in Blüten schösse
Und einen Schubkarrn, der von selber geht!

Und Eines noch: ein sicheres Mäusegift,
Den Wetterzauber gegen Hageltücken,
Vom Stall zum Hause einen kleinen Lift,
Und jeden Abend einen neuen Rücken.

Hesse als Gärtner. Karikatur von H. U. Steger

Rückverwandlung

Dieser Tage ging ich des Vormittags nach gelesener Post in den Garten. Ich sage »Garten«, doch ist es in Wirklichkeit ein ziemlich steiler und sehr im Verwildern begriffener Grashang mit einigen Rebenterrassen, wo die Rebstöcke zwar von unserm alten Taglöhner gut gehalten werden, alles andre aber die heftige Tendenz zeigt, sich in Wald zurückzuwandeln. Wo vor zwei Jahren noch Wiese war, da ist das Gras jetzt dünn und kahl, statt seiner gedeihen Anemonen, Salomonssiegel, Einbeere, Heidelbeere, da und dort auch schon Brombeere und Heidekraut, dazwischen überall wolliges Moos. Dies Moos samt seinen Nachbarpflanzen müßte von Schafen abgeweidet und der Boden von ihren Hufen festgetreten werden, um die Wiese zu retten, aber wir haben keine Schafe und hätten für die gerettete Wiese auch keinen Dung, und so kriecht das zähe Wurzelgeflecht der Heidelbeere und ihrer Kameraden von Jahr zu Jahr tiefer ins Grasland hinein, dessen Erde damit wieder zu Waldboden wird.

Je nach Laune sehe ich dieser Rückverwandlung mit Unmut oder mit Vergnügen zu. Manchmal mache ich mich über ein Stückchen der sterbenden Wiese her, gehe dem wuchernden Wildwuchs mit Rechen und Fingern zu Leibe, kämme ohne Erbarmen die Moospolster zwischen den bedrängten Grasbüscheln heraus, reiße ein Körbchen voll Heidelbeerkraut mit den Wurzeln aus, ohne doch an einen Nutzen dieses Tuns zu glauben, wie denn meine Gärtnerei im Lauf der Jahre ganz zu einem Einsiedlerspiel ohne praktischen Sinn geworden ist, das heißt einen solchen Sinn hat es nur für mich allein, als persönliche Hygiene und Ökonomie. Ich brauche, wenn die Schmerzen in Augen und Kopf zu lästig werden, einen Wechsel der mechanischen Tätigkeit, eine physische Umstellung. Die in langen Jahren von mir zu diesem Zweck erfundene gärtnerische und köhlerische Scheinarbeit hat nicht nur dieser körperlichen Umstellung und Entspannung zu dienen, sondern auch der Meditation, dem Fortspinnen von Phantasiefäden und der Konzentration von Seelenstimmungen. – Zuweilen also suche ich meiner Wiese das Waldwerden etwas zu erschweren. Ein andermal bleibe ich vor jenem Erdwall stehen, den wir vor mehr als zwanzig Jahren am Südrand des Grundstücks aufgeworfen haben, er besteht aus der Erde und den zahllosen Steinen, die beim Ziehen eines Schutzgrabens, zur Abhaltung des benachbarten Waldes, ausgehoben wurden, und war einst mit Himbeeren bepflanzt. Jetzt ist dieser Wall mit Moos, Waldgräsern, Farnen, Heidelbeeren überzogen, und einige schon ganz stattliche Bäume, namentlich eine schattige Linde, stehen dort als Vorposten des langsam wieder andrängenden Waldes. Ich hatte, an diesem besonderen Vormittag, nichts gegen Moos und Gestrüpp, gegen Verwilderung und Wald, sondern sah dem Gedeihen der wilden Pflanzenwelt mit Bewunderung und Vergnügen zu. Und in der Wiese standen überall die jungen Narzissen, mit fleischigem Blattwerk, noch nicht ganz erblüht, mit noch geschlossenen, noch nicht weißen, sondern sanftgelben Kelchen von der Farbe der Freesien.

Ich ging also langsam durch den Garten, sah mir das junge, rotbraune und von der Morgensonne durchschienene Rosenlaub und die kahlen Strünke der eben wieder ausgepflanzten Dahlien an, zwischen denen mit unbändiger Lebenskraft die feisten Schäfte der Türkenbundlilien emporstrebten, hörte weiter unten im Gelände den treuen Weinbergmann Lorenzo mit Gießkannen klappern und beschloß, ihn anzusprechen und allerlei Gartenpolitik mit ihm zu beraten. Langsam stieg ich von Terrasse zu Terrasse den Hang hinab, mit einigem Werkzeug bewaffnet, freute mich an den Traubenhyazinthen im Grase, die ich vor vielen Jahren einst zu Hunderten über den Hang verteilt habe, überlegte mir, welches Beet dies Jahr für die Zinnien in Betracht komme, sah mit Freude den schönen Goldlack blühen und sah mit Unbehagen die Lücken und brüchigen Stellen in der aus Zweigen geflochtenen Umzäunung des oberen Komposthaufens, der ganz mit dem schönen Rot der gefallenen Kamelienblüten bedeckt war. Ich stieg vollends hinab bis zum ebenen Gemüsegarten, begrüßte Lorenzo und brachte das geplante Gespräch in Gang durch die Frage nach seinem und seiner Frau Befinden und einen Meinungsaustausch über das Wetter. Gut, daß offenbar etwas Regen kommen würde, meinte ich. Lorenzo aber, der beinah gleich alt ist wie ich, stützte sich auf seinen Spaten, warf einen kurzen schrägen Blick auf das treibende Gewölk und schüttelte den grauen Kopf. Es werde heut kein Regen kommen. Man könne ja nie wissen, es gebe auch Überraschungen, obgleich ..., und nochmals schielte er listig himmelwärts, schüttelte den Kopf energischer und schloß das Regengespräch: »No, Signore.«

Wir sprachen nun von den Gemüsen, den frisch gesteckten Zwiebeln, ich lobte alles sehr und lenkte zu meinen eigentlichen Anliegen hinüber. Die Umzäunung droben beim Komposthaufen könnte wohl nicht lang mehr halten, ich würde zu ihrer Erneuerung raten, natürlich nicht gerade jetzt, wo es alle Hände voll und noch mehr zu tun gäbe, aber so gegen den Herbst oder Winter hin vielleicht einmal? Er war einverstanden, und wir fanden, wenn er dann an diese Arbeit gehe, wäre es richtig, nicht bloß das Geflecht aus grünen Kastanienästen zu erneuern, sondern auch gleich die Pfähle. Sie würden zwar schon noch ein Jährchen standhalten, aber es wäre doch besser ... Ja, sagte ich, und da wir schon vom Komposthaufen sprächen, wäre es mir auch lieb, wenn er im Herbst nicht wieder die ganze gute Erde den oberen Beeten geben, sondern mir etwas für die Blumenterrasse beiseite tun würde, wenigstens ein paar Schubkarren voll. Gut, und dann dürften wir auch nicht vergessen, dies Jahr die Erdbeeren zu vermehren und das unterste Erdbeerenbeet, das bei der Hecke, das schon manche Jahre stehe, abzuräumen. Und so fiel bald mir, bald ihm noch dies und jenes Gute und Nützliche ein, für den Sommer, für den September, für den Herbst. Und nachdem wir das alles schön durchgesprochen hatten, ging ich weiter, und Lorenzo machte sich wieder an die Arbeit, und wir waren beide mit den Ergebnissen unserer Beratung zufrieden.

Keinem von uns war es eingefallen, etwa plump an einen uns beiden wohlbekannten Sachverhalt zu erinnern, was unser Gespräch gestört und illusorisch gemacht hätte. Wir hatten schlicht und gutgläubig, oder doch nahezu gutgläubig, miteinander verhandelt. Und doch wußte Lorenzo ebenso gut wie ich, daß dies Gespräch mit seinen guten Vorsätzen und Planungen weder in seinem noch in meinem Gedächtnis haften würde, daß wir beide es in längst vierzehn Tagen ganz und gar würden vergessen haben, Monate vor den Terminen für das Instandsetzen des Komposthaufens und für das Vermehren der Erdbeerpflanzen. Unser Morgengespräch unter dem nicht zum Regen geneigten Himmel war einzig um seiner selbst willen geführt worden, ein Spiel, ein Divertimento, eine rein ästhetische Unternehmung ohne Folgen. Mir war es ein Vergnügen gewesen, eine Weile in Lorenzos gutes altes Gesicht zu blicken und Objekt seiner Diplomatie zu sein, die dem Partner, ohne ihn ernstzunehmen, eine Schutzwand hübschester Höflichkeit entgegenstellt. Auch haben wir als Altersgenossen ein Gefühl von Brüderlichkeit füreinander, und wenn einer von uns einmal besonders stark hinkt oder besondere Schwierigkeiten mit den geschwollenen Fingern hat, wird darüber zwar nicht geredet, aber der andere lächelt verstehend und leicht überlegen und hat für diesmal das Gefühl einer gewissen Genugtuung, auf der Basis einer Zusammengehörigkeit und Sympathie, wobei jeder nicht ungern sich als den augenblicklich Rüstigeren empfindet, doch aber auch mit einem vorwegzunehmenden Bedauern des Tages denkt, an dem der andre nicht mehr neben ihm stehen wird.

Und jedesmal, wenn ich mit Lorenzo rede, muß ich an Natalina denken, die nun schon mehr als zehn Jahre begraben liegt und nach deren Tod ich einst zum erstenmal in meinem Garten und bei meinem Spiel mit gärtnerischer Arbeit jenes etwas bittre Gefühl von Leere und Nutzlosigkeit spürte, das mir mit der Zeit so vertraut geworden ist. Übrigens waren, was den Garten betrifft, Natalina und Lorenzo keineswegs einig und Freunde, sondern betrachteten einander mit dem wachen, mißtrauisch-spöttischen Blick kritischer Konkurrenten. Er, der Bauer, war Schwerarbeiter, seine Sache war Graben, Wasser oder Steine schleppen, Pfähle spitzen und eintreiben, Bäume fällen. Sie aber, die kleine, zierliche, geschickte, überaus redegewandte Natalina war im Umgang mit Pflanzen ebenso begabt und erfolgreich wie am Kochherd, ihr gedieh unter zart sorgenden Händen noch der verlorenste Ableger und Wurzelstrunk, heut noch steht da und dort ein Denkmal ihrer feinfühligen Gartenkunst, eine altmodische Zentifolien-Rose, eine riesige Hortensie, ein paar Christrosen, die schöne weiße Lilie. Man kann sie nicht vergessen, sie half unsre besten Jahre behüten und verschönern, sie war mein Hausgeist während meiner Eremitenjahre und unsere treue Dienerin und Kameradin nach der Heirat und dem Hausbau. Ach und wie sie sich auszudrücken verstand! Ihre treffenden Vokabeln, ihre schön und straff gebauten Sätze hätten weder Manzoni noch Fogazzaro Schande gemacht, und einige ihrer klassischen Formulierungen werden bei uns noch heute zuweilen zitiert. So etwa der von dem großen rotblonden Kater, den sie nach vollendetem Hausbau leihweise für einige Tage zu uns bringen wollte, um etwa vorhandene Mäuse zu verjagen, der aber gleich wieder davonlief, nach Natalinas Deutung entsetzt über die Pracht unserer neu eingerichteten Stuben. »Ma lui, spaventato di tanto lusso, scappava.« Zu deutsch: Er aber, erschreckt durch so viel Luxus, ergriff die Flucht. [1954]

Karfreitag

Verhangener Tag, im Wald noch Schnee,
Im kahlen Holz die Amsel singt:
Des Frühlings Atem ängstlich schwingt,
Von Lust geschwellt, beschwert von Weh.

So schweigsam steht und klein im Gras
Das Krokusvolk, das Veilchennest,
Es duftet scheu und weiß nicht was,
Es duftet Tod und duftet Fest.

Baumknospen stehn von Tränen blind,
Der Himmel hängt so bang und nah,
Und alle Gärten, Hügel sind
Gethsemane und Golgatha.

Tagebuchblätter

Es ist heißer Sommer geworden, mit öfteren heftigen Gewittern, etwas launisch und wetterwendisch, aber kräftig und wüchsig, das Laub und die Kastanienblüte von gewaltiger Fülle und Üppigkeit, die Beeren überreich wie seit Jahren nicht. Ich habe das Haus verlassen, um die Augen auszuruhen und eine Weile im Freien zu sein, und stehe unten im Garten bei meinem Feuerplatz nahe der Hecke, der Fußweg liegt eine Strecke weit schwarz voll großer gefallener Maulbeeren. Ich schichte meinen Köhlermeiler zurecht, es ist viel Papier zu verbrennen, und ich meide das Haus mit etwas schlechtem Gewissen, denn es herrscht dort festliche Bedrängnis, morgen ist Geburtstag, und begonnen hat er schon vor Tagen mit Briefen in großer Zahl, Drucksachen, Bücherpaketen, und auch mache Freundesgaben sind schon angekommen; bei der Haustür steht eine Kiste mit Wein vom gesegneten Südhang des Schlosses Girsberg, es liegen Rollen da, die Zeichnungen, Radierungen und Noten enthalten, zumeist Liederkompositionen. Der schwäbische Maler Hugo Geißler hat eine schöne Zeichnung des Hauses gesandt, das ich mir vor fünfzig Jahren am Bodensee gebaut habe; die Bäume und Hecken darum sind groß geworden, doch kenne ich alles wieder und denke der Zeit, da ich in diesem neugebauten Hause und seinem neu angelegten Garten den jungen schwäbischen Dichter Martin Lang so oft als Gast und Mitarbeiter bei mir hatte. Ach, auch von ihm liegt etwas bei den vielen Postsachen, ein mir gewidmetes märchenhaftes Prosastück, aber nicht mehr er selbst hat es mir geschickt, er ist, er, der niemals krank war, neulich plötzlich davongegangen und verschwunden. Er, der Pfarrerssohn von der Schwäbischen Alb, hat damals in seiner Jugendfrische des öftern mein Leben mitgelebt und erhellt, wir haben miteinander geplaudert, gedichtet, orplidische Mythologien erfunden, im Garten gearbeitet, Wein getrunken, Feuerwerk abgebrannt und Schmetterlinge gesammelt. Wie viele Freunde hat dies Jahr mir schon genommen! Doch denke ich ihrer heute ohne Trauer, sie leben fort, sie gehen durch meine Gedanken und Träume nicht anders, als da sie lebten.

Ich habe mein Feuer angezündet und bin mit einem hohen Haufen noch halbgrüner Äste und Zweige beschäftigt, sie sind Überbleibsel der letzten schweren Gewitterstürme und hauptsächlich des großen Mordes, der im Frühling auf Verordnung des Forstamtes an meinem Wald begangen worden ist, es liegen da und dort noch große Stapel von Ästen und Rindenriemen, Stoff für Hunderte von Feuern. Ich zerkleinere, was heut verbrannt werden soll, und scheide die stärkern Stücke für den Wintervorrat aus. Ich knicke und breche die Zweige, vergesse allmählich die oben wartende festliche Post, die uns ohnehin für lange Zeit zu tun geben wird, und an Stelle der gewissen Bangigkeit vor all dieser Arbeit kommt ein eher fröhliches Gefühl in mir auf, Anklang an die gespannt erwartungsvolle Festvorfreude jener Geburtstage der Knabenzeit, als dieser Tag noch keine Briefe brachte und die Geschenke aus einem Knäuel Angelschnur, ein paar Bogen Schreibpapier und einem Glastöpfchen voll Honig aus Onkel Friedrichs »Gütle« bestanden. Das lag und stand auf einem kleinen Tischchen, dazu ein runder Kirschkuchen mit so vielen brennenden Kerzen, als meinem Alter zustanden, und vor das Tischchen führte mich die Mutter an der Hand, und wir alle sangen das Geburtstagslied, in das auch der Papagei Polly oboenhafte Jubeltöne mischte. So etwas noch einmal zu erleben, würde einem das alte Herz sprengen.

Doch hat die Freude und haben die Wunder nicht aufgehört.

Während ich stand und Holz brach und mit den lang gestorbenen Lieben Gemeinschaft hatte, kam wie ein goldener Blitz aus blauem Sommermorgenhimmel etwas Fremdes geschossen, hell gelbgrün leuchtend, schwirrte an meinem Kopf vorbei, war im Weißdorn verschwunden, kam aber alsbald wieder hervorgeflogen und setzte sich zu meinen Füßen in die Zweige und war ein Papagei, ein Sittich, ein irgendwoher entkommener und mir zugeflogener Fremdling aus schönen Welten.

Aquarellierte Federzeichnung aus einem illustrierten Manuskript von Hesses Märchen »Piktors Verwandlungen« für Kurt Wolff vom Februar 1923

»Ja, wo kommst denn du her?« fragte ich ihn, und es war ein Glück, daß ich aus jenen Jugendtagen her die Papageiensprache konnte. Der schöne leuchtende Vogel verstand mich zwar nur halb, denn ich sprach die Sprache Pollys, der ein grauer rotschwänziger, sprachbegabter und weiser Afrikaner und mehr als zwanzig Jahre unser lieber Hausgenosse gewesen war, aber war es auch nicht ganz die Mundart der grüngelben Sittiche, so war es doch Papageiisch, was ich redete, und so hob der Fremdling sein Köpfchen mir entgegen und blickte mich fragend an, und als ich mich bückte und das Gespräch aus nächster Nähe fortführte, blickte und nickte er ohne Scheu und funkelte mit den kleinen Augen, hörte artig meine Begrüßungen und Fragen an und zwitscherte mir allerlei kurze »staccato« gesprochene Antworten zu. Er begann auf der Erde nach Futter zu suchen, kam auch dem Feuer ganz nahe und schien den Rauch nicht als lästig zu empfinden, aber die paar feisten blanken Maulbeeren, die ich für ihn pflückte und ihm dicht vor den Schnabel legte, ließ er unbeachtet liegen. Ich nahm nun, in meiner Köhlerarbeit fortfahrend, einen langen Kastanienzweig in die Hand und wollte auch ihn zerkleinern und dem Feuer opfern, da flog Freund Sittich auf, schwang sich in die Luft und saß alsbald auf der Spitze meines Zweiges, schaute lustig auf mich herab und hatte nichts dagegen, als ich den Zweig sachte auf und ab bewegte. Ich habe seit vielen Jahren an diesem Platz, zu allen Zeiten des Jahres und des Tages unendlich vieles beobachtet und erlebt, Besuche von Amseln, ein paarmal von Igeln oder Schlangen und einmal den Besuch einer dicken schweren Schildkröte, aber etwas so Holdes, märchenhaft Unwahrscheinliches und doch so Vertrauliches war mir da noch nie begegnet wie diese vielleicht zehn Minuten währende Visite aus dem Urwald ferner Zonen, dem Urwald ferner, vogelsprachekundiger Kindheit – oder war es der Wald des Piktorparadieses, der mir den blitzenden lustigen Vogel herübergeschickt hatte? Noch ein paarmal ließ Herr Sittich sich von mir sanft auf unsrem Zweige wiegen, dann war er des Spaßes satt und entflog, in die Hecke erst, dann auf die Birke, dann fort und davon.

Was mir bei diesem Abenteuer und nachher an Erinnerungen,

Anklängen, Gedanken und Phantasien durch den Kopf ging, das aufzuschreiben würde Tage und Tage fordern. Es ist nicht möglich und ist auch nicht nötig. Allmählich kehrte ich aus der Verzauberung zurück, lang nach der Abreise des gelbgrünen Exoten, und es fiel mir wieder ein, was alles oben im Haus auf mich wartete. Ich packte zusammen, die Zappetta, das Aschensieb, die Gartenschere, nahm die Gerla auf den Rücken und stieg langsam den heißen Hang an den Rebenreihen vorbei nach oben. Auf der Terrasse beim Atelier stellte ich meine Sachen ab und langte nach dem Türgriff. Aber noch hatte dieser traumhaft-festliche Morgen seine Zauber nicht erschöpft.

Es wächst an einem der Granitpfeiler dieser Terrasse ein hoher Rosenstamm empor, seine diesjährige Blüte ist längst vorbei, zu seinen Füßen steht eine kleine üppige Wildnis von Montbretien und etwas zu alt gewordenen Türkenbundlilien, die wohl etwa in einer Woche die ersten Blüten haben werden. Aus diesem grünen Laubwinkel sah ich, vom starken Licht geblendet, etwas Dunkles emporschweben, lautlos und schattenhaft. Es war kein Vogel, es war ein Schmetterling, und zwar der hier sehr selten gewordene Trauermantel, den ich seit wohl drei, vier Jahren nie mehr zu Gesicht bekommen hatte. Es war ein großes, schönes, noch nicht lange ausgeschlüpftes Tier. Dunkel flatterte es mir um die Augen, schwebte von mir weg und wieder zu mir zurück, beroch mich, umflog mich und ließ sich auf meiner linken Hand nieder. Da blieb der Falter sitzen, legte die Flügel zusammen, deren untere Seiten so trübe Ruß- und Aschenfarben haben, breitete sie wieder aus und zeigte das tiefe samtene Braunviolett mit den neapelgelben Randstreifen und der köstlichen Reihe blauer Punkte, die so edel und diskret zwischen dem lichten Rande und der mit Caput mortuum wiederzugebenden Dunkelheit steht. Langsam, im Rhythmus ruhiger Atemzüge, schloß und öffnete der Schöne seine Sammetflügel, hielt sich mit sechs haardünnen Beinchen an meinem Handrücken fest und entschwebte nach einer kurzen Weile, ohne daß ich das Loslassen spürte, in die große heiße Helligkeit hinaus. [1955]

*»Wie eine verlorene Heimat« Gartengedanken aus Hermann Hesses Briefen**

Wir haben gerade ein paar blaue, sonnige Tage, die Buben haben Ferien und helfen mir täglich etwas im Garten beim herbstlichen Aufräumen. Ich muß immer zwischenrein zu solchen Betätigungen greifen, da das Anstrengen der Augen im Zimmer mir stets bald große Beschwerden macht, die sich leicht zu wirklich häßlichen Schmerzen steigern. Bei gutem Wetter komme ich ganz anständig durch, bei schlechtem wird es schwierig, da ich das Dasitzen und Garnichtstun nicht gelernt habe und nicht aushalte.

Zur Zeit geht es mir schlecht ... Aber doch bringt jeder Tag eine Stunde, wo ich etwa jätend in einem Gemüsebeet knie oder draußen ein wenig Aquarell male und wo die Schmerzen und alles untergeht und ich, wenn ich hübsch still halte, für Augenblicke die Harmonie der Welt in den Gräsern singen höre.

Dieses Unkrautjäten füllt meine Tage aus, soweit sie nicht Regentage sind. Es hat für mich bei dem jetzigen Schlechtbefinden den Vorteil, ein dauerndes Opium zu sein, dem man sich immer wieder für halbe und ganze Tage überlassen kann. Dabei ist es vollkommen rein von materiellen Antrieben und Spekulationen, denn die ganze Gartenarbeit von ungezählten hunderten von Stunden bringt im Ganzen kaum drei, vier Körbchen Gemüse ein. Dafür hat diese Arbeit etwas Religiöses: man kniet

* Quellenverzeichnis und Datierung der Zitate siehe Seite 234.

am Boden und vollzieht das Rupfen wie man einen Kult zelebriert, nur des Kultes wegen, der sich ewig erneuert, denn wenn drei, vier Beete sauber sind, ist das erste schon wieder grün.

Wenn man eine Nacht gut geschlafen hat und gerade wenig Schmerzen hat, kann man auch Gedanken spinnen und an Märchen und Dichtungen denken, von denen dann ein Hundertstel später sich vielleicht aufschreiben läßt. Ich tue das meistens beim Unkrautjäten; so neben der mechanischen Arbeit her führe ich Dialoge mit meinem Helden, stelle ihn auch vor die Fragen des Tages, auch die politischen, und entschwinde dann wieder mit ihm in die Gegenden, wo es nichts Aktuelles noch Materielles gibt.

In der Erde und Pflanzenwelt hat sich nichts verändert, seit wir Kinder waren. Das beruhigt.

Bei uns geht es unruhiger zu als gut ist. Seit 3 Monaten kommt beständig ein Teil des Elends aus Deutschland zu mir, durch Briefe, durch Sorgen, durch Gäste und Besuche, es wimmelt von Emigranten und Flüchtlingen, alle sind teils moralisch teils materiell bitter in Not … Im übrigen bin ich, nicht ungern, der Sklave meines Gartens, wo ich samt meiner Frau fast jede freie Stunde arbeite. Es macht mich sehr müd und ist etwas zuviel, aber mitten in alledem, was die Menschen heut tun, fühlen, denken und schwatzen, ist es das Klügste und Wohltuendste, was man tun kann.

Die freie Zeit gehört dem Garten … (Wir) schwitzen gebückt mit Gießkannen und Spaten, und zwei kleine Katzen sind Herren des Grundstücks, spielen und sehen uns, ihren Pächtern, wohlwollend zu.

Beim Unkrautjäten im Rosenbeet vor dem Haus in Montagnola, 1952

Des Löwen Klage

Einsam steh ich, ich kanns nicht fassen,
Bäume rauschen, Blumen lächeln gelassen,
Mir aber ist alle Lust der Welt,
Ist jeder Schritt verdorben, vergällt.
Tigerlein, Spielkamerad, Brudergesicht,
Hörst du mich nicht?

Ach was soll ich ohne Tiger machen,
Ohne dich sind auch die schönsten Sachen
Keinen Dreck noch Mausschwanz wert.
Jede Maus und Eidechs sollst du haben,
Alles was das Herz begehrt,
Maulwurf will ich dir und Käfer graben,
Sollst mit mir in allen Tabu-Räumen
Wunderbar verbotene Träume träumen.

Aber lass mich nicht so einsam stehen
Hier im Walde, wo die Farne wehen,
Wo die Spinne durch den Ginster kriecht
Und es oft so gut nach Vogel riecht.
Hab ich denn auf immer dich verloren?
Hörst du nicht auf meine Klagelieder?
Bist du als mein Zwilling nicht geboren?
Bruderherz, geliebtes, kehre wieder!

Kurzer Gartenbericht an Gunter Böhmer

Caro amico! 20. 2. 1934

Bei anhaltend trockener und warmer Witterung seit Wochen ist der Schnee bis auf winzige Reste am Waldrand verschwunden, und es wurden die ersten Aufräumearbeiten des Vorfrühlings möglich. Lorenzo ist mit dem Schneiden und Aufbinden der Reben fertig, mancher neue Pfahl glänzt weiß und straff, darunter im dürren bleichen Wintergras lachen die kleinen gelben Primel-Inseln überall.

Auf der Blumenterrasse, wo voriges Jahr die Dahlien und Zinnien standen, links unten am Weg nach der Bocciabahn, sind nun die Reben, die den Blumen die Sonne nahmen, unbarmherzig ausgetilgt worden, auf der nun schön freiliegenden Terrasse brennt seit zehn Tagen immer ein Feuer aus Laub und Zweigen. Das Material dazu trägt Obergärtner Vogel[1] von den Wegen, Beeten etc. herbei. Auf der Bocciabahn allein liegen etwa 80 bis 100 Körbe Laub, etwa 50 sind schon weg. Die Laubhaufen scheinen ganz locker und trocken. Aber wenn man das Obere wegnimmt, sieht man, daß die untern Lagen feucht sind und zum Teil dick am Boden kleben, so daß man, um nicht die Bahn zu verderben, alles mehrmals umrechen und trocknen lassen, und die untern Schichten beinah Blatt für Blatt wegnehmen muß.

Bei den Arbeiten assistiert zuweilen, auf des Obergärtners Rücken sitzend, der Löwe.[2] Er ist aber, ebenso wie Tiger[2], eher nervös und scheu, die Pubertät beschäftigt sie beide, und sie sind ganz mager und lang geworden. Dazu ist dieser Tage ein Feind und Konkurrent erschienen. Frau Wiegand[3] aus Lerici ist jetzt bei uns, und sie brachte in einem Korb ihren herrlichen Angorakater mit, den lehnen die beiden Brüder ab, fürchten ihn oder

sind eifersüchtig, so daß der Angora für sich allein lebt und auch allein gefüttert werden muß. Als ich meiner Frau diese Lage psychologisch erklären wollte, fragte sie: ob ich wirklich glaube, daß die beiden magern Hauskatzen merken, daß der neue Kater so ein Rasse- und Luxustier sei, und zweifelte, ob dieser selbst es wisse, daß er so etwas sei. Worauf ich erwiderte: »Glaubst du etwa, daß der G. Hauptmann nicht genau wisse, daß er ein Angora-Schriftsteller ist?«

Sorge macht der große Kaktus vor dem Atelier, der dies Jahr zum erstenmal im Freien überwintert hat, wenn auch unter seinem schönen Schutzdach. Wir wissen noch nicht, ob er davonkommt oder etwa erfroren sei...

Jetzt muß ich an die Arbeit, seien Sie recht sehr gegrüßt von Ihrem

[1] Fiktiver Name für Hesse, der in seinem autobiographischen Märchen »Vogel« die Abenteuer eines Vogelfreien schilderte.

[2] Seine jungen Katzen.

[3] Eleonore Wiegand (1896-1976), die Witwe des mit Hesse befreundeten Publizisten Heinrich Wiegand, die nach dem Tod ihres Mannes am 28. 1. 1934 in Hesses Haus untergebracht war.

Ich teile meinen Tag zwischen Studio und Gartenarbeit, letztere gilt der Meditation und geistigen Verdauung und wird darum einsam betrieben.

Wir haben einen so milden Vorwinter, daß vor meinem Haus noch ein Beet mit unversehrten grünen Kapuzinerkressen steht, schwellend grün, und sogar noch zwei, drei Blüten drin. Im Tal unten liegt am Morgen noch etwas Reif, die Gegend in der Winterkahlheit ist sehr licht und farbig, und rundum stehen über den farbigen Bergen die höheren Berge empor, glänzend im Schnee und abends feurig leuchtend. Ich kam eben erst von meiner Badener Kur zurück, und möchte gern, eh der Schnee kommt, noch im Garten möglichst aufräumen. Da brennt im leeren Dahlienbeet mein Feuer und raucht und schickt in seinem langen dünnen Rauch eine kleine blaue Variation in die Melodie der Landschaft.

Es ist tüchtig heiß bei uns, jetzt endlich, und die tägliche Arbeit im Garten ist an den meisten Tagen alles, was ich leisten kann; vor kurzem hat uns ein Gewitter mit schwerem Hagel alles fast kaputtgeschlagen, da gibt es genug zu tun. Und wenn man Tomatenstöcke begießt oder um eine schöne Blume her den Boden auflockert, dann hat man nicht jenes verfluchte Gefühl, das man als Künstler oft hat: hat es Sinn? Ist es überhaupt noch erlaubt? Nein, sondern man ist mit seinem Tun einverstanden, und das braucht man je und je.

Ich freue mich, daß ich diesen Sommer fast mit gewaltsamer Konzentration vom Aktuellen weg, wenigstens die kleine Idylle schreiben konnte, die ich dir sende. Man merkt es ihr nicht an, in welcher Umgebung sie entstand.

Beim Gartenfeuer in Montagnola, 1935

Wir hatten einen so frühen und schönen Frühling, daß es schade um ihn ist. Er kommt gleich anderen Künstlern vor der Weltgeschichte nicht zu Wort. Sie ist ja immer eine etwas laute, aufdringliche und sich wichtig nehmende Person; ihr Humor zuzuschreiben, wäre falsch, so oft sie zu grinsen scheint.

Daß der Dichter so seine Wörtchen klaubt und setzt und auswählt, mitten in einer Welt, die morgen vielleicht zerstört sein wird, das ist genau das Gleiche, was die Anemonen, die Primeln und andere Blumen tun, die jetzt auf allen Wiesen wachsen. Mitten in einer Welt, die vielleicht morgen mit Giftgas überzogen ist, bilden sie sorgfältig ihre Blättchen und Kelche mit fünf oder vier oder sieben Blütenblättern, glatt oder gezackt, alles genau und möglichst hübsch.

Dir und Sascha bin ich Rechenschaft schuldig über die Pflanze, die Ihr mir vor drei Jahren an Ostern mitgegeben habt; es waren drei kleine Schüppchen, die ich im Geldbeutel mitnahm, dann hier in einen Topf setzte. Aus den dreien sind seither wohl hundert und mehr Pflänzchen geworden, einige gab ich auch an Bekannte weiter. Aber nur eine von diesen Pflanzen, eine von den ältesten und wahrscheinlich eine jener drei Urpflanzen, hat bis jetzt die ganze Entwicklung durchgemacht. Sie wuchs rasch, und heute ist sie 265 Centimeter hoch, nicht gerechnet alle die Biegungen und Kurven, die ihr Stamm beschreibt, der an einer Stange mehrfach angebunden ist. Der Stamm, von der Dicke eines Kinderfingers, ist holzig und sehr hart, bis zu zweidrittel Höhe ist er kahl, dann beginnen jene Zweigchen, rund um den Stamm geordnet, an deren Enden immer wieder die neuen Schüppchen entstehen und abfallen, um unten wieder zu Pflanzen zu werden. Aber nun ist ein weiteres, vermutlich letztes

Stadium der Entwicklung eingetreten: zu oberst, eine kleine Strecke über den obersten Zweigchen, hat sich in den letzten Wochen langsam eine Blütendolde gebildet, bestehend aus vier Bündelchen von je etwa 6 bis 10 hübschen kleinen Kelchblüten, von denen die meisten noch Knospen sind, die aufgegangenen aber eine edle Kelchform und ein schönes Hellrot haben.

Vermutlich gehört sie zu den Pflanzen, die nur einmal im Leben blühen und dann absterben; jedenfalls wollte ich Euch das Obige berichten, damit Ihr wißt, was aus Eurer Gabe geworden ist.

Es sieht finster aus in der Welt, aber es wird doch Frühling und die ewige Heiterkeit lacht aus jeder Blume.

Jetzt im Alter nimmt die Augenschwäche immer zu und oft ist lange Zeit keine Arbeit möglich, da die Augen nur das täglich Notwendige bewältigen können. Dafür habe ich einen Garten, einen primitiven Tessiner Garten mit Reben, Gemüse, etwas Blumen, dort bringe ich im Sommer die halben Tage zu, habe ein Feuerchen brennen und knie in den Beeten, höre vom Tal herauf die Glocken der Dörfer, und empfinde in dieser naiv ländlichen Kleinwelt das Ewige und Innige ebenso wie wenn ich Dichter oder Philosophen lese.

Die Blumen blühen fröhlich und schön wie je, im kahlen Wald die blaue Scilla, auf den Wiesen die Primeln, Veilchen, Krokus und alle andern und lachen uns und unsere Sorgen aus.

Wenn man zum erstenmal wieder im Garten den Rock auszieht, im mageren Gras die kleinen Krokusse stehen und die Zitronenfalter flammend durch die warme Luft flattern, das ist immer wieder ein schönes Wunder.

Die Oleander sind bei uns im Süden sehr beliebt, auch ich habe im Garten einen stattlichen stehen. Wenn wir von Montagnola ins Engadin fahren (die einzige kleine Reise, die ich seit Jahren mir noch zugetraut habe), dann müssen wir erst durch Lugano, dann den Seearm bis Porlezza entlang bis zum Ende des Sees, dann zum Comersee (Menaggio) hinüber und dort viele Kilometer den See entlang bis auch der Comersee ein Ende hat und man über Chiavenna das Bergeller Tal hinauf nach Maloja strebt. Auf dem südlichen Stück dieser Fahrt, also den beiden Seen entlang, fährt man im Sommer unter hunderten von hohen blühenden Oleanderbäumen durch, die ich besonders liebe, es gibt weißblühende und rote in mehreren Schattierungen, und diese vielen blühenden Oleander gehören für mich jedesmal zum Schönsten dieser Reise.

Die Welt gönnt uns wenig mehr, sie scheint oft nur noch aus Radau und aus Angst zu bestehen, aber Gras und Bäume wachsen doch noch. Und wenn einmal die Erde vollends mit Betonkasten bedeckt sein wird, werden die Wolkenspiele noch immer da sein, und es werden da und dort Menschen sich mit Hilfe der Kunst eine Tür zum Göttlichen offen halten.

Das Eingesperrtsein ohne die Augenentspannung, die mir der Garten gibt, nimmt meine Augen so mit, daß ich tagelang mit tränenden, schmerzenden und zu nichts brauchbaren Augen herumsitze. Wenn ich an den Tod denke, so ist die Vorstellung, daß er unter anderem das Aufhören dieser meiner kleinen Privathölle bedeutet, höchst angenehm, mein halbes Leben wurde dadurch getrübt.

Die Beschäftigung mit Erde und Pflanzen kann der Seele eine ähnliche Entlastung und Ruhe geben wie die Meditation.

Einst vor tausend Jahren

Unruhvoll und reiselüstern
Aus zerstücktem Traum erwacht
Hör ich seine Weise flüstern
Meinen Bambus in der Nacht.

Statt zu ruhen, statt zu liegen
Reißt michs aus den alten Gleisen,
Weg zu stürzen, weg zu fliegen,
Ins Unendliche zu reisen.

Einst vor tausend Jahren gab es
Eine Heimat, einen Garten,
Wo im Beet des Vogelgrabes
Aus dem Schnee die Krokus starrten.

Vogelschwingen möcht ich breiten
Aus dem Bann, der mich umgrenzt,
Dort hinüber, zu den Zeiten,
Deren Gold mir heut noch glänzt.

Erzählende Texte

»Das Haus der Träume«. Hesses Wohnung am Melchenbühlweg in Bern, vom Garten aus gesehen (mit den Söhnen Heiner, Bruno und Martin), um 1915

Das Haus der Träume

Krokus war vergangen, Schneeglöckchen war verschwunden, im erwartenden bangen Spätfrühling blühte allein die alte Magnolie. Aus dem großblätterigen, schwach silberscheinenden Laub des runden Baumes quoll Amselgesang, und die reinen weißen Blüten blickten sanft und befremdet wie schöne kränkliche Kinder. Rund und feierlich blühte der Magnolienbaum in der kleinen, ovalen Wiese, darüber stand in der Sonne freundlich mit dem gewölbten Vordach die Südseite des niederen Hauses, verwittert, grün und grauer Kalkbewurf, rundes Giebelgewölb und schmaler Ziegelrand des Daches im feuchten Blauen ruhend, breite Altane tausendmal vom leidenschaftlichen Astgeschlinge der großen Glyzine umarmt. Aber alles tief und innig in grüne und kahle Wipfel und Kronen gebettet, hoch überragt vom beschützenden Ulmenbaum, der mit greisen, ungeheuren Ästen weit über das ganze Dach hin griff, und zu Seiten die ausländischen Föhren mit den feierlichen und durchdachten Pyramiden ihrer langhaarigen Äste, wo vorjährige aufgesprungene Zapfenfrüchte harzig an der Wärme dufteten und im gefleckten Schatten kleine Baumläufer und Spechtmeisen um die dicken, roten Stämme liefen, jetzt grauschattig, jetzt edelsteinern aufglänzend.

Der Grasplatz mit der Magnolie, dem Wacholder und den Rosenstämmen lag zwischen Haus, Ulme, Föhren und der dicht verwirrten Buschwildnis hoher Fliedergesträuche vor Staub und Wind der Welt beschützt und tief in seinen grünen Schrein versenkt. Offen war er einzig nach Süden: da fiel der Garten in Stufen und kleinen Terrassen abwärts, der Sonne zugeneigt. Dahinter lag weit und grün das wellige Weideland, auf seine offene Tafel gezeichnet stand eine lange, launig gekrümmte Linie von breitkronigen Eichen, die Grenze des Nachbargutes. Das grüne Wiesenland war von einem unsichtbaren Flußtal begrenzt, jenseits lag grünes Waldgebirg in langen, stillen Zügen, dahinter ein neuer Zug von grünen Höhen, schon bläulich bedünstet, und hinter ihm ganz blau, mit herausleuchtenden, nackten Felsflühen, eine steile Vorbergkette. Und erst jenseits von diesem dritten blauen Gebirgszug, unendlich fern und hoch im Wechsel der Gewölke, schwebten die traumfarbenen Schneeberge, verklärt in vielfältig gedämpfter und entrückter Wirklichkeit, eine erinnerungslose, bleiche Geisterwelt, aber wahrer und beständiger als alle Nähe.

Der Alte stand bei den Rosenstämmen; es war Zeit, sie aufzubinden. In den Gürtel der grünen Schürze gesteckt, trug er eine lange, blonde Locke von hellem Bast und in der Hand eine Schere. Mit zögernden Fingern suchte und wählte er in den braunen, dornigen Zweigen, schnitt mit Sorgfalt abgestorbene Spitzen ab und sammelte sie in einen flachen Weidenkorb. Abendliches Sonnenlicht floß warm in schrägen Strahlen zwischen den knospenden, hohen Sträuchern, Flieder und Hasel, herein. Der Alte hatte auf den Augenblick gewartet; nun tat er Korb und Schere beiseite, trat auf die Abendseite der kleinen Wiese und beging seine einfache Abendfeier, indem er still im strömenden Sonnenfeuer stand und den Magnolienbaum belauschte. Der hielt seine bleichen, weißen Blüten noch weit atmend geöffnet, und von den höchsten Zweigen abwärts überfloß ihn das satte späte Licht, und schnell und zart sprang das abendliche Rosenrot auf jede Blüte. Das müde Weiß glühte in heimlicher Zärtlichkeit auf, und minutenlang hing über dem verzauberten Baume ein magischer Schleier, dünn und wesenlos, und jede bleiche Blume schaute still und warm mit erwachter Seele aus dem sanften Kelch und feierte ihr kleines, banges Fest.

Mit den stillgewordenen Augen betrachtete der Blumenvater freundlich und forschend das bescheidene Wunder, ihm sandte jede Blüte errötend ihren Abendgruß ins Herz, und mit fühlender Teilnahme atmete er die Gerüche der drängenden Jahreszeit, spürte witternd ihre gespannte Bereitschaft und das süße, knospende Erwartungsfieber ungeduldiger Keime.

Die Welt ist kleiner geworden, dachte er mit einem Schein von Lächeln. Ein Leben lang war dieser alte Mensch in tausend tätigen Beziehungen und hohen Ämtern gestanden, hatte die Welt umreist und immer wieder die Sehnsucht in sich genährt, wie Goethe »allen Sonnenschein und alle Bäume, alles Meergestad und alle Träume in sein Herz zu fassen miteinander« – nun fand er sich auf den engen Bezirk seines Gartens beschränkt, wo Baum und Gras, Strauch und Beet ihm vertraut und zu eigen, von ihm gepflegt, von ihm erdacht, von ihm geschaffen, geformt und geleitet lebten, und die Fülle war nicht kleiner geworden, und ein Beet Rosen war für Sinne und Gedanken so wenig auszuschöpfen als Meergestad und weite Welt. Alles Besitzen war Beschränkung, alles Verstehen war Verzicht, und alles Verzichtenmüssen suchte seine Verklärung in Lächeln und in Andacht.

Langsam schritt Neander um den Rasen bis zu der Stelle, wo der Kiesweg zwischen Gebüschen, die ihn dicht umschlossen, plötzlich gegen die Steintreppe nach dem untern Garten mündete. Da drang Himmel und grenzenlose Weite in die enge Weltflucht des buschigen Winkels, und über Gärten, Bäume, Hecken, Weiden, grüne Bergzüge und blaue Bergzüge hinweg stürzte der Blick in die luftige Welt, an deren Ende fern und ehrwürdig die Alpen standen. Dasselbe Licht, das im Magnolienbaum die armen Blumenschwestern verklärte, floß dort im Weiten mit demselben Zauber über Wolkenberge und Schneeberge. Jenseits der abendlichen Wiesenwelt und Bergwälder glühte diamanten das Gebirge in unirdischen Zaubern, Märchenbauten aus Glas und Edelstein, von wallenden Lichtfeuern durchströmt, nicht mit der Erde zusammenhängend, sondern hoch über den Dünsten der Ferne strahlend, Berghäupter brüderlich zwischen Wolkenhäuptern.

Oft gedachte Gedanken besuchten den Alten. Von suchender Unrast geistigen Erraffens einst bis weit in fremde Erdteile hinein auf schnellen, gierigen Reisen verschlagen, hatte er doch beinahe sein ganzes Leben nahe bei diesen verklärten Bergen hingebracht, ihre Schönheit und ihre Rätsel waren seit frühen Jugendzeiten seinem Gemüt heimisch geworden; der große Wall der Alpen war ihm ewiges Sinnbild des Zwiespaltes und Hemmnisses in der eigenen Seele, wo der sehnsüchtige Kampf von Süden und Norden zum Mittelpunkt aller Bewegung geworden war wie in der Geschichte der Menschheit.

Drüben hinter der gläsernen Zaubermauer wußte er die schönen Paradiese liegen, dort floß das Leben gut und leicht in der Unschuld angeborenen Reichtums; und das Schöne wuchs dort mit der kindlichen Natürlichkeit anmutiger Blumen empor, das der Norden nur aus Qualen der Sehnsucht und Abgründen grübelnden Trotzes gebar. Aber die nordische Schönheit klang inniger und erschütternder und flatterte kühner in göttlicher Trunkenheit.

Wieder umfaßte Neander im Anblick der vielfarbigen, fernschwebenden Gipfel den Umfang seines inneres Lebens. Er stand auf der Seite des Nordens, er stand auf der Seite des Verzichtes und der unstillbaren Sehnsucht. Der Kampf aber war eingeschlummert. Seit er die Lebenshöhe überschritten hatte und tiefer ins Tal der langen Schatten hinabgestiegen war, hatten seine Gedanken die Flucht vor dem Tode aufgegeben. Von wo er kam, und wohin er ging, schien ihm ein und dasselbe Land. Die lockende Stimme des Lebens, die ihn seit Kinderzeiten jeden Tag gerufen und seine Schritte vorwärts und vorwärts getrieben hatte, war ihm allmählich zur Stimme des Todes geworden, welche von jenseits rief und der zu folgen nicht minder schön und seltsam war. Leben oder Tod, das waren nur Namen, aber die lockende Stimme war da und sang und zog und hieß ihn im guten Takt der Tage schreiten, und der Weg führte nach der Heimat.

Abendatem wehte aus der Weite her, am Weiher rührte sich Schilfgesang. Nacht rief dem Tage, Tag rief der Nacht, ein und aus wehte ewig der Atem Gottes.

Mit aufmerksamen Blicken betrachtete der alte Mann, aus der farbigen Himmelsferne zurück ins Nahe kehrend, seinen Garten. Er sah ihn nicht in seiner augenblicklichen Wirklichkeit, ihn verband mit Bäumen und Gesträuch ein liebevoller Umgang seit vielen Jahren. Was hier stand und wuchs, in diesem kleinen, gepflegten Bezirk zwischen Haus und Holunderecke, in dieser grünen Garteninsel, die kein Blick von außen zu erreichen vermochte, das war alles von ihm gedacht und gewollt, auf Übernommenem weitergebaut und nirgends fertig, vielmehr voll von heranwachsenden Gedanken und Erfüllungen für die Zukunft. Daß an der Ecke zwischen Haselnuß und Holunder die hohen wilden Rosen mit langen Ranken schwebten, daß unter dem blühenden Palmkätzchenbaum der schwarze, dicke Efeu kroch, daß zwischen dem Gekräusel der Glyzinenranken nur zartes, spitzblättriges Fliederlaub sich wölben durfte, das war sein Werk, und es war nicht nur schön, es war in zärtlichen Jahren aus hundert besorgten Gärtnerträumen lebendig in langsamer Wahl und Ordnung entstanden. Wo jetzt durch dünne Äste frei der Himmel schaute, da wußte Neander aus Laub und Blüten, aus Früchten und Schlingpflanzen viel schöne, geistvolle Dinge für den Mai, für den Juli, für September heranwachsen und warten: Ebereschenbeeren blank im Blauen hängend, rote Blüten aus dunkelstem Grün aufglühend, Bienenwinkel und Schmetterlingsrastorte für alle Jahreszeiten vorbereitet, innige Pflanzenfreundschaften, von Menschenhand geschützt und begünstigt. Sommermorgenfrühe und schwüle Augustnacht, Aprilmittag und Herbstabend fanden hier und dort ihren Lieblingsplatz und Rahmen bereitet, und im kleinen Treibhause grünte kein winziger Pflanzenkeim, der nicht in des Gartendichters Gedanken schon als Laub und Blume, als Lichtfleck oder Schattenecke, als satte, rote Blütenfarbe dort und da sein Amt und seine Bestimmung hatte.

Aber tiefer und inniger noch lebte der Greis in seinen grünen Träumen, ihm nur bekannt und deutbar wurzelten im Garten und überall Erinnerungen und Sinnbilder seines innern Lebens, Trauermale und Dankopfer, Gedenkzeichen der Jugend und hinausdeutende Ahnungen von Tod und Wiederkehr. Wie er die Zeiten des Jahres und Tages im Leben des Gartens inniger mitbeging, so fühlte er über die Jahre hinweg dieses tausendfältig lebende Gebilde als ein Bildnis seiner selbst, als das geheimnisvolle Werk und Abbild seiner Seele. Hier waren Lebensträume gestorben und verwandelt, hier war Gottesdienst begangen und Gefühl der Ewigkeit gepflegt, und wo dem fremden Auge nur ein schöner Wipfel, ein wohliges Gebüsch stand, da lebte ihm, dem Dichter, unvergessenes Sein und Kämpfen, Suchen und Überwinden fort. Wie ein einsamer Regierender in fernen Bewegungen der Menschen und ihrer Güter die Folgen und Früchte seiner Gedanken und Pläne erkennt, so fühlte der alte Gartenfreund jedes Wachstum, jedes stille Geschehen seines sanften Reiches als Fortklang und ferne fruchtbare Schwingung seines Inneren.

Wartend saß Neander auf der niedrigen Mauer, den Blick auf den Bergen. Schon gab es laue Abende und feuchtes Ferneblau, ein Winter und Vorfrühling war überwunden, und vor den Gedanken des Alten lag wieder ein wachsendes Jahr, ein neues, ahnungsreiches Gartenjahr: Sternblumen, Fliederzeit, Rosengehänge über der weißen Mauer!

Kräftige Schritte klangen auf dem Weg vom Hause her. Neander erhob sich, um entgegenzugehen, da stand frisch und lachend sein zweiter Sohn vor ihm, den Hut in der Linken, und griff nach seiner Hand, die er mit zärtlicher Ehrfurcht festhielt.

»Hans! Du bist schon da!«

»Ja, Vater, einen Tag früher als ich euch schrieb. Mama fand ich nicht, sie ist in die Stadt gegangen. Geht es dir gut, Vater?«

»Es geht uns allen gut, Hans. Ich bin vielleicht ein bißchen alt geworden, aber du wirst sehen, Mama ist noch so jung wie immer.«

»Ach, und der Garten, unser alter Garten! Die Magnolie blüht, ich sah es gleich. Du bist hier immer noch fleißig – ich glaube, ich habe mein Leben lang nie an dich gedacht, ohne daß ich dich im Garten sah, bei den Rosen oder mit der Gießkanne. Es ist so schön bei dir, schöner als ich wußte. Es gibt auf der Welt keinen solchen Garten mehr.«

Hans Neander stellte den Fuß auf die Mauer und blickte fröhlich umher.

»Es stimmt nicht ganz«, sagte der Vater, »unsereiner meint es ja gut, aber wir sind hierzulande keine Gärtner, leider. Man muß sehen, wie Japaner das verstehen! Aber für dich ist hier Heimat und Kindheit, da ist alles schön und vollkommen.«

»Es war mir ganz ernst damit«, rief Hans, »du hast deine Bäume und Beete und alles so merkwürdig richtig und lebendig verteilt und abgestimmt, ich glaube wirklich nicht, daß man es besser machen könnte.«

»Weil du die Fehler nicht siehst, mein Junge. Zum Beispiel da unten, neben dem Pavillon, habe ich zwischen die Akazien ein paar Ebereschen gepflanzt und den ganzen schönen Baumschlag damit verdorben. Die Bäumchen sind groß geworden, ehe ich das merkte, und jetzt stehen sie und hängen im Hochsommer ihre roten Beeren in den Himmel, es wäre grausam, sie wieder abzutun. Aber die Akazien allein wären viel, viel schöner und richtiger. Und so ist noch vieles, überall. Es ist nicht leicht, einen guten Garten zu pflanzen. Es ist so schwer wie ein Reich zu regieren. Man muß sich entschließen, auch die Unvollkommenheiten zu lieben, sonst ist man betrogen. Du hast das besser gekonnt als ich. Weißt du, wenn jemand die heikle Geschichte mit der Willensfreiheit ganz ausstudieren will, dann muß er sich auf Gärtnerei legen. Nicht bloß, daß kein Strauch so wächst, wie du ihn dir gedacht hast! Nein, nach Jahren siehst du erst, daß du den Strauch gar nicht frei gewählt und gepflanzt hast; es steckte ein unbewußter Wunsch, eine Erinnerung, ein Zwang dahinter. Auch mit den Ebereschen war es so. Ich meinte sie damals zu wählen, weil Wuchs und Laub mir zu den Akazien zu passen schienen. Erst viel später ging mir auf, daß ich die Bäumchen bloß darum haben wollte, weil ihr Standort in der Pflanzschule, wo ich sie kaufte, mich an eine Ecke im Garten der Großeltern erinnerte. Als ich damals zum Baumzüchter ging, war ich noch gar nicht für Eschen entschlossen. Erst dort, zwischen den jungen Stämmen, fand ich mich plötzlich an den Großvater und an ein Stück Kindheit erinnert und kaufte darum die Bäume.«

Er lachte still.

»Und dabei weiß ich nicht einmal, ob es wirklich die Eschen waren, die mir jene liebe Erinnerung weckten. Ich deutete es damals so. Es kann aber etwas ganz anderes gewesen sein, ein Geruch, oder die Beleuchtung, irgend etwas, vielleicht eine eigentümliche Wolke vor der Sonne. Aber ich dachte, es seien die Eschen, und da stehen sie nun seit zwanzig Jahren und sind groß geworden.«

Hans horchte mit Behagen auf die vertraute, ehrwürdige Stimme und dachte an keine Antwort.

»Nun ja«, sagte er langsam, »ich glaube auch, daß wir immerfort aus einem Dickicht von untergesunkenen Erinnerungen heraus leben und empfinden. Vielleicht ist das, was wir unsre Seele nennen, nichts als dieses Geschiebe von dunklem Erinnerungsgut. Ich bin kein Denker und ich bin froh, daß ich darüber nicht zu grübeln brauche. Aber eben, als ich durchs Haus gegangen war und hinten auf den Kiesplatz kam und den Brunnen sah, hat mich auch plötzlich solch eine frühe Erinnerung überfallen. Ich weiß nicht, ob du dich noch darauf besinnen kannst. Ich war fünf oder sechs Jahre alt und spielte im Hof bei der Ulme und wurde da zu laut und lästig, da riefst du mich zu dir und sagtest, ich möchte jetzt artig sein, dann würdest du mir etwas Merkwürdiges zeigen. Dann brachst du ein großes Blatt von einer Kapuzinerkresse ab und tauchtest es in den Brunnentrog, und ich sah mit einem unvergeßlichen Erstaunen und Entzükken, wie das breite, grüne Blatt sich ganz mit dickflüssigem Silber überzog. Ich konnte mich lange Zeit immer wieder mit diesem Wunder beschäftigen und fühlte dabei eine so merkwürdig satte, volle Kinderwonne, und lange Zeit schien mir so ein Kapuzinerblatt im Wasser das Schönste, was es auf der Welt geben könne.«

Der alte Mann wiegte den greisen Kopf hin und her und blickte über die erblaßten Berge hinweg in die noch braun und blaurötlich nachschimmernden Wolken. Er deutete hinüber:

eine graue, lange Wolke, quer über den Horizont gezogen, schimmerte matt in hundert Farbenstufen wie ein Taubenhals.

»Da sitzen wir«, rief der Alte lachend, »und schwatzen, und du kommst von der Reise und bist am Ende hungrig. Oder magst du ein Glas Wein haben? Und erzählt hast du auch noch nichts, wir haben uns doch ein halbes Jahr nicht gesehen. Du bist ja jetzt so eine Art Beamter geworden?«

»O nein, Papa, der Regierungsbaumeister ist bloß ein Titel, ich bleibe natürlich selbständig und suche kein Amt. Aber ein Glas Wein nehme ich ganz gerne. Hast du noch von dem Elsässer?«

Sie gingen ins Haus, und überall traten dem Heimgekehrten die Andenken der Kindheit und Heimatzeit entgegen. Im Eßzimmer schimmerte der hellgelbe Wein in der geschliffenen Flasche auf dem großen Schiefertafeltisch, da setzte sich Hans, nahm einen Schluck Wein und aß ein Stück Brot dazu behaglich aus der Hand. Neben ihm saß lächelnd der Vater, mit seiner eigentümlich klaren Greisenfrische im weißen Haar, von den Wänden blickten die wohlbekannten Bilder, der holländische Nelkenstrauß und die kleine goldene Madonna aus Italien, auf den Fenstergesimsen standen Geraniumstöcke, durch die halboffene Schiebeluke hörte man nebenan in der Küche die Magd mit dem Messer auf Holz etwas schneiden und schaben. Hans sog alles tief mit dankbarer Wonne ein: Heimkehr, holder Erinnerungssturm, geliebte Räume, vertraute Gerüche, und inmitten der klaren, heimatlichen Welt still und allein der alte Vater, erfreut über seine Rückkunft, doch fest und unstörbar in seiner innern Welt beharrend.

»Und was macht Albert?« fragte der Baumeister, indem er sich im Sessel zurücklehnte. »Seht ihr euch oft?«

»Nein«, sagte Neander zögernd, »er sitzt manchmal einen Abend bei Mama, und dann kommt er ja sonntags immer zu uns zu Tische. Es macht mir etwas Mühe, mit ihm zu reden; daran sehe ich, daß ich alt geworden bin. Früher hatten wir oft lange Gespräche miteinander, es war mir interessant, ihm in seinen Gedanken zu folgen, er ist ja ein eigener Kopf. Aber seine Mythologie ist mir immer fremder geworden, die Schuld mag bei mir liegen. Ich schätze nichts höher als Frömmigkeit, aber Albert wird immer gleich dogmatisch. Merkwürdig ist es schon, wie das bei ihm mit den Jahren herausgekommen ist. Mamas Familie war ja ganz pietistisch, sowenig sie selber es ist. Das hat nun Albert geerbt. Nun, du weißt ja. Er hat sogar Wandsprüche in sein Arbeitszimmer gehängt. Sonst ist er ja ein guter, treuer Mensch, und auf mich nimmt er viel Rücksicht. Bist du eigentlich im Briefwechsel mit ihm?«

»Nein, geschrieben haben wir uns nur selten, bei Geburtstagen und so. Übrigens hat er für mich immer mehr Ähnlichkeit mit dir gehabt als mit der Mutter, auch äußerlich.«

»Wirklich? Es kann wohl sein. Als er ein kleiner Junge war, fand jedermann, er sei mir sehr ähnlich. Freilich nicht so ähnlich, wie du der Mutter. Darin hat er ja gewiß meine Art, daß er mehr in Gedanken lebt als in der Wirklichkeit. Nur die Neigung zum Fanatismus, die er doch wohl hat, kann ich bei mir nicht finden. Vielleicht auch Täuschung.«

»Nein, Vater, gewiß nicht. Du bist ja so frei, von dir habe ich ja alles, was ich von Freiheit weiß. Albert ist vielleicht doch ein wenig Pedant, ein wenig Schulmeister – mir war es immer etwas unheimlich, daß er ausgerechnet Gymnasiallehrer werden mußte. Und du, Vater, du bist ein Künstler, du bist ganz und gar ein Künstler. Nicht daß Albert gelehrter oder klüger wäre, o nein, aber bei dir wird aus den Gedanken immer ein Bild, etwas Schönes und Liebenswertes.«

Der alte Herr nickte dem Sohne freundschaftlich zu. »Geschmack hat dein Bruder aber doch«, sagte er munter. »Du wirst dir sehr Mühe geben müssen, Hans, wenn du mir einmal eine hübschere Schwiegertochter heimbringen willst.«

»Oh, diese Mühe will ich mir gern machen. Aber es ist wahr, Betty ist eine feine und aparte Frau. Schade, man lernt sie schwer kennen. Anfangs hielt ich sie für hochmütig, wie sie immer so schweigsam und kühl blieb. Das war ein Irrtum. Aber fremd ist sie mir immer noch.«

»Es war ein großer Irrtum«, bestätigte der Alte mit Wärme. »Sie ist das Gegenteil, sie ist schüchtern und demütig. Man würde sie besser kennen, wenn sie nicht so schön wäre. Sie bleibt hinter ihrer Schönheit versteckt. Und es bedrückt sie, daß sie keine Kinder hat.«

»Ja, das ist schade. Aber es kann ja noch kommen.«

Plötzlich sprang Hans auf, er hatte die Haustüre gehen hören. Im halbdunkeln Flur überraschte er die heimkommende Mutter und fiel ihr um den Hals.

»Mama, Mama!«

Aufrecht und frisch saß die Mutter am Tisch, die hohe bronzene Erdöllampe brannte mit stillem, gelbem Licht, das Abendessen war abgetragen, und Hans hatte seine Zigarette angezündet.

»Papa wird wohl wieder herunterkommen?« fragte er, und sein Blick hing vergnügt am Gesicht der Mutter, wie sie mit emporgezogenen Brauen und weitab gestreckten Händen bemüht war, ihre Nadel einzufädeln.

Als sie fertig war, lächelte sie zu Hans hinüber, wurde aber alsbald wieder nachdenklich.

»Ich glaube nicht«, sagte sie, und schwieg und nähte eine Weile, dann legte sie die Arbeit von sich und stützte die Ellbogen auf den Tisch. Hans aber hatte seine Freude an jeder ihrer Bewegungen, an ihrer festen, strammen Haltung, an ihren langen, weißen Händen, am hellgrauen Seidenkleid mit den kleinen, gekräuselten Manschetten.

»Wie hast du Papa gefunden?« fragte sie plötzlich.

»Oh, ganz wie sonst. Er sieht prächtig aus. Ich fand ihn im Garten bei den Rosen.«

»Ja, er fühlt sich wohl. Bloß stiller ist er geworden. Fandest du nicht? Was habt ihr gesprochen?«

Hans besann sich. Er wußte sofort, was sie meinte.

»Er war recht gesprächig. Es war vom Garten die Rede, von Akazien und Ebereschen. Ich habe nie so deutlich gefühlt, wie seltsam er mit alledem verwachsen ist. Es ist wie ein Märchen, und er ist der Zauberer und geheimnisvolle Weise darin.«

»Und hat er dich ausgefragt? Nach deinem Examen, nach deinen Arbeiten? Nach deinen Freunden?«

»Das nicht, nein, aber ich hatte das auch nicht erwartet. Ich merkte doch, daß mein Kommen ihn freute. Sehr stark hat er sich ja nie für das interessiert, was nicht zu seinem engeren Kreis gehört. Er sagte das auch selber. Wir sprachen von Albert, und da meinte er, dem gehe es wie ihm selber, daß er mehr in Gedanken als in der Wirklichkeit lebe.«

Die Mutter nickte und sah ins Lampenlicht.

»Das ist richtig«, sagte sie und suchte nach den Worten. »Es war immer so, aber es ist mit der Zeit stärker geworden. Papa hat etwas Eigenes, etwas von einem Sonderling, und das ist ja ganz gut. Aber er ist in den letzten Jahren so einsam geworden. Er bringt fast den ganzen Tag im Garten zu, oder im Treibhaus, und läßt sich dort nicht gerne stören. Manchmal kann ich bei den Blumen helfen und eine Stunde dabeisein, aber eigentlich ist er immer am liebsten allein, und während er pflanzt oder Blumen schneidet, ist er in seinen Gedanken. Das war immer so, seit er damals sein Amt aufgegeben hat. Aber die Abende haben wir dann fast immer gemeinsam zugebracht, wir lasen einander vor oder er diktierte mir seine Briefe, oft haben wir auch musiziert oder Schach gespielt. Das alles hat nun so allmählich aufgehört, siehst du, und das macht mir manchmal Sorgen. Jetzt geht er jeden Tag bald nach dem Abendessen weg, meistens ins Studierzimmer oben oder in seine chinesische Stube, und ein paarmal hat er auch den ganzen Abend im Treibhaus im Dunkeln gesessen.«

Hans legte seine Hand auf die der Mutter.

»Da sitzt du also viel allein?«

»Ach, das ist es nicht. Oft kommt Albert oder sonst Besuch, und zu tun ist ja immer genug. Es quält mich nur manchmal, wenn ich Papa so viel allein und in seinen weltfernen Gedanken sehe. Denn siehst du, ganz kann ich es doch nicht begreifen, wie er immer so in seiner Stille leben mag. Ich weiß ja, daß er ein Gelehrter und Denker ist. Aber zuweilen wird es mir einfach traurig und beinah unheimlich, wie er so außerhalb der Welt leben mag. Er zieht seine Blumen, aber nicht um sie jemand zu zeigen oder zu schenken, und er denkt seine Gedanken, aber nicht um sie mitzuteilen.«

»Ganz so schlimm ist es nicht«, sagte der Sohn begütigend, »du weißt, Papa hat es sehr gern, wenn man sich seine Beete ansieht und sie lobt. Er ist eben ein Künstler, oder ein Dichter. Über dem, was seine Gedanken beschäftigt, vergißt er alles. Ich kann das gut begreifen, aber freilich auch dich. Wir wollen ihn schon zuweilen wieder herauslocken und aufmuntern! Und dich auch, Mama, und überhaupt bleibe ich jetzt unendlich lang daheim bei dir. Bei euch ist es so schön und gut, daß ich gar nicht daran glauben kann, es gebe auch Sorgen und Schwierigkeiten! Weißt du, wie ich heut abend zu Fuß von der Bahn herauskam, durch die Felder und an den Eichen und am Friedhof vorbei, und wie ich von weitem unsre Ulme sah und das Dach und dann den Zaun und die Treppe und die Haustür, und wie dann im Haus der alte, kühle Geruch wieder war, und die Lisa kam und meldete, die gnädige Frau sei ausgegangen, lieber Gott, ich hätte das korrekte alte Mädchen beinah vor Freude und Rührung umarmt! Und dann beschlich ich den Vater im Garten, bei der Magnolie, und die Fliederbüsche bei der Veranda streiften mir die Haare, und der Brunnen klang so alt und gut und war alle die Monate und Jahre immerzu treulich in sein altes Becken gelaufen, und dann stand Papa bei der Treppe, wo die Aussicht ist, und gab mir die Hand und fing an, von der Magnolie zu sprechen, als wäre ich nie von Hause fort gewesen. Da wußte ich erst wieder so richtig, wie schön das alles ist und daß kein Mensch auf der Welt eine schönere Heimat hat als ich. Und Papa plauderte mit mir, und es gab gar kein Fragen und Besinnen, ich war einfach wieder bei ihm und hörte zu, wie er aus seiner stillen, noblen Welt heraus sprach – und ich wußte dabei, nachher kommt Mama, und dann ist für die Fragen und Sorgen und alles Zeitliche gesorgt! Ich kann dir gar nicht sagen, wie froh ich war!«

Jetzt lachte die Mutter leise, und wie ihre hellblauen Augen warm und strahlend wurden und der feste Mund im Lächeln weich und geschmeidig, sah sie dem Sohn ähnlich wie eine ältere Schwester.

»Jetzt möchte ich noch etwas zu naschen haben«, rief Hans lustig. »Wenn du lieb bist und ein Auge zudrückst, geh ich schnell einmal in die Speisekammer und hol mir noch ein Stück von dem schönen Kuchen. Darf ich?«

Sie schloß ein Auge und nickte unmerklich mit derselben Gebärde, mit der sie ihm in Kinderzeiten solche Wünsche gewährt hatte. Und er lief in die Küche, zündete die Kerze an und kam mit einem kleinen Teller wieder.

»Zum Dank will ich dir aber auch etwas Schönes erzählen«, sagte er im Essen. »Nämlich ich will bei euch nicht etwa auf der faulen Haut liegen, sondern fleißig sein. Ich habe eine schöne Arbeit vor.«

»Etwas zu bauen? Ja hast du denn schon einen Auftrag?«

»Das nicht, aber es kann vielleicht einer werden. Es ist ein Preisausschreiben, und zwar eins, das noch gar nicht ausgeschrieben ist. Man hat es mir verraten, weißt du, und das ist ein gutes Zeichen. Es soll ein Bankgebäude werden, in einer Stadt in der Schweiz.«

»Da wünsche ich Glück, Hans.«

»Ja, aber das Beste ist: es ist da wirklich etwas Feines zu machen. Nämlich ich bin vorgestern schnell dort gewesen, um zu sehen, ob ich überhaupt mitmachen soll. Nun denke dir, eine kleine, stille Seitenstraße, lauter alte, feine Häuser in einem bescheidenen, noblen Barock, und ein hübscher Baumgarten dazwischen, ganz entzückend. Der Garten freilich kommt weg, denn dort soll das Haus hingebaut werden. Man kann sich nichts Hübscheres ausdenken. Das ist etwas anderes, als in eine moderne Stadtstraße hinein ein beliebiges Haus mehr zu bauen.«

»Famos, Hans! Aber gewiß nicht leicht.«

»Doch, es ist leicht. Es ist ganz leicht. Es soll ja eine Bank werden, kein Warenhaus. Das kann man ganz fein und anständig zwischen die schönen alten Sachen hineinstellen, wahrscheinlich brauchen wir nicht einmal höher zu bauen als die Nebenhäuser, jedenfalls nicht viel. Ich nehme den Bau ein klein wenig zurück, hinter ein schmales Rasenplätzchen, und dann wird die Fassade ein ganz klein wenig geschweift, nur eine Idee, so –«

Er hatte sein Taschenbuch herausgenommen und zeichnete eifrig. Die Mutter stand darübergebeugt und fühlte sich wieder ganz mit ihrem Lieblingskind vereinigt. Es gab keine Sorgen mehr, es waren keine Mißklänge in der Welt. Hans war da, und es ging ihm gut, er war glücklich.

»Wie schön, mein Junge! Sieh, das habe ich mir oft in Gedanken ausgemalt, den Augenblick, wo du zum erstenmal einen schönen Bau beginnst. Aber stört dich das nicht, daß du dich an die Nachbarhäuser so sehr anpassen mußt?«

»Ach, das ist ja gerade fein! So ein maßvolles, bürgerliches, gar nicht theaterhaftes Barock, das ist etwas ganz Köstliches. Diese Art von moderner Bauerei, die bloß recht originell sein will, ist mir so unsäglich zuwider! Ich denke mir oft, wenn alle Häuser und Straßen hübsch und ruhig und edel aussehen würden, da müßten auch die Leute alle freundlich und liebenswürdig sein. Aber wenn da jeder kleine Frechling von Architekt so tun darf, wie wenn er Michelangelo wäre und eine neue Ära einleiten müsse, wenn das eine Haus fast ohne Fenster und das daneben fast ganz aus Glas ist, wenn man Stein und Holz und Eisen, Keramik und Mosaik und alles durcheinander schmeißt und einer den andern bloß mit recht heftigen Trümpfen stechen will, da kann ja die Welt nicht in Ordnung sein. Wir heißen das unter uns Freunden Konzert-Architektur. – Ich weiß ja nicht, wie weit ich es als Baumeister bringe und ob es mir gelingt, es so zu machen, wie ich möchte. Aber wenn ich einmal beim Bauen Einfälle habe und originell sein will, dann darf es keine Originalität sein, die einem von weitem in die Augen schreit. Nichts auf der Welt wird einem so verleidet und zuwider wie aufdringliche Architekturen.«

Er sah, wie die Mutter über seinen Eifer lächelte, und brach lachend ab.

»Also ich mache mein Barockhaus so gut ich kann, und häßlich wird es nicht, das kann ich versprechen. Ich glaube, sogar Papa wird einverstanden sein, wenn erst die Zeichnungen fertig sind. Und er ist sicher der strengste Richter, den ich mir suchen kann. Nur muß ich mit der Arbeit noch warten, bis die Bedingungen veröffentlicht sind; sonst fange ich schließlich etwas an, was die Bankleute nicht brauchen können, und hätte dann die schöne erste Schaffensfreude vergebens verpufft. Es gibt also zunächst eine kleine Weile Ferien! Ich will wieder einmal bei euch daheim sein wie in den Knabenzeiten, mit dir und Papa, ohne Besuche und Einladungen, und will gar nichts tun als spüren, wie schön es hier ist.«

Die große Uhr schlug zehn, und Frau Neander packte, wie der Sohn sie es tausendmal hatte tun sehen, ihre Nähsachen zusammen, tat die Brille ins Lederfutteral, schloß die hohen Schranktüren ab und schaute nach, ob in dem Hausflur auf dem Kaminsims die Leuchter bereitständen. Dann bat sie Hans, nach der Haustür zu sehen, ob sie geschlossen sei, und wünschte ihm gute Nacht.

»Geh nur ins Bett«, mahnte sie, »du findest in deinem Zimmer alles bereit. Wir haben halt immer noch die alte Wirtschaft mit den Lampen und Kerzen, Vater will das Elektrische nicht im Haus haben.«

Sie zündete zwei Leuchter an, den einfachen, messingenen für sich und den silbernen Gastleuchter mit drei dicken Kerzen für Hans, und löschte die Lampe aus.

Hans mochte noch nicht schlafen. Fröhlich stieg er die runde Steintreppe hinauf und sah im Kerzenlicht hier und dort die bekannten lieben Sachen grüßend funkeln, Bilderrahmen und hohe Vasen, blanke Türklinken und Zinngerät auf hohen Wandborden. In seinem Zimmer dufteten Veilchen, hinterm offnen Fenster stand schwarz das Geäst der Ulme.

Er stellte den Leuchter auf den Tisch neben den unausgepackten Koffer und ging langsam durchs Zimmer hin und her, darin er so viel Knabenjahre, Jünglingsjahre, Studentenferien verlebt hatte und wo alles vertraulich in der alten Ordnung stand, Bücherreihen und Tonmodelle, Schmetterlingssammlung und Windbüchse, Mappen voll Photographien von den Reisen seiner Schülerzeiten, die Büste Goethes und die Totenmaske von Beethoven, Notenschrank und Gitarre.

Aufmerksam blickte er in der warm durchfluteten Dämmerung umher. O wie recht hatte der Vater, der kein elektrisches Licht in diesem Haus haben wollte! Alles Zarteste dieser Stunde wäre weg gewesen ohne den Gang durch die Finsternis des Flurs und der Treppe, ohne das launische Spiel kleiner Glanzlichter auf Metall und Glas, ohne das warme, milde Licht der drei Kerzen im hohen Leuchter.

Ihm fiel ein, wie verwandt er hierin seinem Vater sei, in der Liebe zur zarten Haut und Oberfläche der Dinge, im Sinn für das Magische alles Sichtbaren, des Lichtes, der Farben. Wie die messingnen Kofferbeschläge das Licht widerstrahlten, wie der geknickte Schatten des hohen Ofens über Wand und Stubendecke floh, das war ihm lieb und zauberhaft, das tat ihm wohl, reizte ihn und gab ihm Gedanken. Vielmehr nicht Gedanken, sondern ein reizendes, klangvolles Gefühl vom Lebendigsein der Welt, vom stillen, zähen Eigenleben der Sachen, ein gutes, nachdenkliches und zärtliches Gefühl, ohne das er nicht hätte leben mögen. Das hatte der Vater ebenso, mehr als alle anderen Menschen, die er kannte, dies gelegentliche Verlorensein an das selbstlose Schauen, diese Ahnung vom Lebendigsein aller Dinge, zwischen denen die Bewußtheit eines Menschenlebens oft wie ein Unrecht, wie eine Härte, wie eine Schuld erschien. Eine nicht zu sühnende Schuld, zu sühnen nur für Augenblicke durch eine gesteigerte Liebe zu den Dingen, durch ein flüchtiges, schnell hinschauerndes Empfinden von Einsamkeit und Vergänglichkeit.

Ein Schritt auf der Terrasse neben seinem Fenster schreckte ihn empor. Hans lief hinüber. Da war der Vater aus dem Studierzimmer getreten und stand atemholend in der bleichen Nacht, zwischen den noch kahlen Glyzinenranken der Brüstung, und blickte mit emporgerecktem Gesicht in das dunkle Astgebäude der Ulme.

Hans wollte ihn nicht stören. Er wußte, der Vater kam aus der Einsamkeit seiner Gedanken und suchte nach seiner Gewohnheit am Ende des Tages noch einen Anblick, einen Duft, einen Ton, ein Stück unschuldiger Natur, um seine Sinne daran zu stillen und es mit in den Schlaf und Traum zu nehmen.

Doch bezwang ihn ein Nachklang aus den Gesprächen mit der Mutter und ein aufwallender Schauer von Liebe zu dem alten, stillen Mann, und er stieg wie in früheren Zeiten durchs Fenster zu ihm hinaus.

»Gut Nacht, Vater«, rief er behutsam.

Der Alte wendete sich um.

»Gut Nacht, mein Junge. Bist du zufrieden?«

Hans nahm seine hagere, noch seltsam kraftvolle Hand.

»Du bist so viel allein, Vater.«

Der alte Mann schüttelte den Kopf und lächelte. »Du täuschst dich, Hans, ich bin nicht allein. Das ist man nur in der Jugend.«

»Aber Mutter wartet gewiß manchmal auf dich, denke ich, so am Abend.«

»Meinst du? Es ist gut, daß du mich erinnerst.«

Neander ließ die Hand seines Sohnes los und ging ein paar Schritte weiter, blieb stehen, kam zurück und sagte: »In der Jugend, Hans, ist man viel allein, und man spürt, daß das Alleinsein nicht gut ist. Darum sucht man Freunde, und verliebt sich, und entdeckt Familie und Vaterland. Das ist sehr gut, dabei gedeiht die Welt. Aber wenn man alt genug geworden ist, dann genügt das der Seele nicht mehr. Dann ist Freundschaft und Liebe und Vaterland auch bloß wieder eine Schale, die uns vom andern trennt, die uns vom Ganzen trennt. Dann wollen wir zum Ganzen. Das Ganze ist Gott. – Hast du nie chinesische Erzählungen gelesen?«

»Ich glaube nicht. Nein. Warum?«

»Einerlei. In den chinesischen Geschichten kommt immer und immer wieder derselbe Mann vor, in verschiedenen Gestalten. Als Jüngling gehorcht er den Eltern und lernt einen Beruf. Als Mann heiratet er und sorgt für seine Familie. Darüber lernt er das Vaterland lieben und bei allem an Ahnen und an Nachkommen denken. Er wird tätig und nützlich, er hilft den Staat leiten. Aber zuletzt, in der letzten Reife, da erkennt er, daß auch alles das noch Einsamkeit und Selbstsucht ist, verläßt er eines Nachts seine Hütte und sein Feld, sein Weib und seine Untertanen, sein Amt und seine Bücher, und verschwindet. Seine Zeit ist gekommen. Er geht in die Berge, um von Tau und Blumenblättern zu leben und um alles abzustreifen, was noch Schale an ihm ist. Dann geht er zu den Unsterblichen ein.«

Wieder ging er einige ruhige Schritte auf und nieder, sein weißes Haar schimmerte blaß in der Nacht. Dann gab er Hans nochmals die Hand.

»Schlaf wohl, Hans. Du wirst einmal Freude an diesen Chinesenbüchern haben, es stehen gute Sachen drin. Das und der alte Goethe, der ganz alte Goethe, ist mir von allen Büchern jetzt am liebsten. Aber das hat noch Zeit für dich, noch viel Zeit. Du bist noch kaum über den Werther hinaus, noch in den Lehrjahren.«

Damit ging er, und aus der Tür zum Studierzimmer, die er öffnete, drang Lichtflut und umströmte seine Gestalt. Gleich darauf ward es dunkel und Hans hörte ihn in sein Schlafzimmer gehen.

Auf stillgraue Tage mit lauem Regengeriesel war Südwind und feuchter Himmel mit greller Wolkenjagd gefolgt, rußig schwarze Schatten und weißes, stechendes Sonnenlicht, zwischen zornig ineinander verrannten Wolkenlagen sanfte Himmelsinseln von sehnsuchtsvollem Frühlingsblau. In der nassen, schwarzen Erde standen fett und grell die roten, drallen Tulpen in starren Reihen und Kreisen.

Hans stand beim Vater im Treibhaus, durch viele halbgeöffnete Scheiben trieb die kräftigfeuchte kühlere Luft herein, nur der Anbau mit den ausländischen Pflanzen stand noch fest verschlossen. Der Gärtner mischte Erde aus verschiedenen Behältern durch ein Sieb zusammen und füllte sie in kleine Töpfe, und in jeden Topf pflanzte der alte Neander mit zartem Fingerdruck eine kleine, junge Pflanze ein, die Sommerblumen für Fenster, Balkonbrüstung und Terrasse. Durch die schrägen Glasscheiben des Daches spielte das unruhige Licht des windigen Tages mit hastigen Wolkenschatten herein.

»Ich muß noch immer an das denken«, sagte Hans, »was du mir neulich am Abend von jenen alten Chinesen gesagt hast.«

Neander gab keine Antwort. Sorgfältig drückte er die dunkle Erde um die Wurzeln einer Pflanze fest.

»Glaubst du wirklich, daß sie dann von Blumenblättern gelebt haben?«

Der Vater griff nach einer neuen Pflanze.

»Ich weiß nicht«, sagte er. »Ich glaube, das ist nicht wichtig. Aber ich kann mich täuschen. Ich bin kein Chinese, und ich bin lange nicht so weit, wie die es waren, die sich in die Berge zurückzogen und zu den Unsterblichen eingingen. Wir haben es vielleicht schwerer, und über die Unsterblichen wissen wir so gut wie nichts. Unsre Zeit ist anders, wir haben leider keine Götter, und wir werden daran einmal zugrunde gehen. Aber wir haben viel in der Natur herum studiert, und es zeigt sich, daß die Welt doch nicht ärmer geworden ist. Gottheiten haben wir nicht, aber wir haben einige solche Geheimnisse wie die Röntgenstrahlen. Die reißen plötzlich ein Loch in die bekannte Welt und zeigen, daß alles noch viel wunderbarer ist als die uns bekannten Mythologien. Ärmer sind wir nicht geworden, nein, wir sind im Gegenteil etwas schnell reich geworden, darum fehlt uns die Hauptsache.«

Er hob den kleinen Topf empor und prüfte, ob die Pflanze schön aufrecht stehe.

»Und was wäre denn die Hauptsache?« fragte Hans zögernd.

»Die Einfachheit«, sagte der Vater kurz und bestimmt. Dann setzte er spielender hinzu: »Im Neuen Testament heißt es Einfalt.«

Ein Schatten fiel herein, und durchs nächste offne Fenster blickte mit braunen Augen ein schönes Frauengesicht.

»Da ist ja Hans«, sagte Betty freundlich. »Du wolltest uns gestern besuchen, als wir spazierengegangen waren. Grüß Gott, Hans. Grüß Gott, Papa.«

Sie kam herein, etwas gebückt zwischen den herabhängenden Ranken der Ampelgewächse, und gab beiden die Hand.

»Es hat Albert sehr leid getan, wir kommen dafür heut abend her.«

Hans sah Betty neugierig an, die im hellbraunen Tuchkleid schmal auf dem nassen Laufbrett stand. Wieder fiel ihm ihr Haar auf, schwarzes, vom Nacken her straff hochgekämmtes Haar. Er erinnerte sich, daß auf berühmten Blättern von Utamaro und andern japanischen Meistern die Kenner besonders die regelmäßige Feinheit des Haaransatzes rühmten, er besaß selbst ein solches Blatt, und stellte nun mit stillem Vergnügen dieselbe Vollkommenheit an Betty fest.

»Aber ich störe dich, Papa«, sagte sie rasch, »ich will gleich wieder gehen.«

»Dann nimm Hans mit«, rief Neander, »er spricht mir zu viel. Ich muß hier noch arbeiten.«

»Laß uns noch einen Augenblick dableiben«, bat Hans. »Es ist so hübsch, wie die kleinen, strammen Pflanzen nebeneinander in ihren Töpfchen stehen. Sieh nur, Betty!«

Nun standen sie eine Weile, während der Vater in seiner zarten Arbeit fortfuhr, und sahen seinen geübten, kundigen Fingern zu und den kleinen Pflanzen, die aus dem Gedränge eines Saatkastens kamen und nun, jede plötzlich vereinzelt, mit einem Ausdruck von Ängstlichkeit und Verwunderung an ihren neuen Plätzen standen.

»Wie wenn sie sich fürchteten«, sagte Betty.

Der Alte nickte.

»Das tun sie auch.«

Dann ging Betty auf dem feuchten Brett voraus ins Freie, ihre Jacke zuknöpfend.

»Wie geht's, Frau Schwägerin?« fragte Hans, als sie draußen waren.

Sie ging auf den leichten Ton nicht ein.

»Danke, gut«, sagte sie ernsthaft. »Ich bin froh, daß ich dich traf. Ich möchte dir etwas sagen.«

Im Aufblicken sah er sie leicht erröten und sah über ihren Augen und in den Nasenflügeln einen sonderbaren Ausdruck, den er kannte und den er früher an ihr gar nicht hatte leiden mögen. Es sah aus wie Hochmut und drückte doch, wie er jetzt deutlicher als jemals fühlte, nichts anderes aus als die Anspannung, mit der Betty ihre eigene Schüchternheit bekämpfte.

Ohne zu sprechen, blickte er ihr einladend und ermunternd in die Augen, mit einem Ausdruck von Vertrauen, den er ihr gegenüber sonst nie gefunden hatte. Ihre Schüchternheit war ihm zum erstenmal nicht mehr hinderlich und störend, sondern lieb und rührend durch kindliche Reize.

Wie er alsbald spürte, empfand sie ohne weiteres aus Blick und Haltung seine Freundlichkeit, seinen guten Willen, und beide ahnten in diesem Augenblick, daß sie einander verwandt und einer dem andern zu Verständnis und Hilfe bestimmt seien. Von ihr wich die ängstliche Scheu; von ihm fiel die schlechte Gewohnheit, ab, sie burschenhaft und ein wenig spöttisch zu behandeln.

Statt weiter gegen das Haus zu gehen, bog Betty in den Obsthang gegen das Wäldchen ein, an dessen Rand die Gesträuche schon lichtgrün schimmerten.

»Es ist wegen Albert«, begann sie mit freierer Stimme wieder. »Ich will dich nicht bitten, öfter als früher zu ihm zu kommen. Aber du weißt, er ist eigen und empfindlich, und vielleicht ist es gerade sein Bestes, was er immer verbirgt und verschweigt. Laß mich offen reden! Albert ist schwerer als du, weniger offen, weniger heiter, und was er geworden ist, hat ihn Mühe gekostet. Dir fiel alles leichter, schon in der Schule. Er leidet vielleicht nicht darunter, aber er empfindet es doch, und es quält ihn ernstlich, daß er zu Papa kein so freies und vertrauliches Verhältnis mehr hat.«

Hans nickte und schwieg. Er fühlte, sie wolle noch etwas anderes sagen. Im Wäldchen blieb sie stehen.

»Ich weiß nicht, Hans, ob du es richtig findest, daß ich dir davon sage. Es ist dir ja auch nicht neu. Aber du darfst nicht glauben, ich wolle irgend jemandem Schuld geben. Wenn jemand Schuld dabei hat, dann bin nur ich es.«

»Du?« rief Hans verwundert.

»Ja. Es wäre meine Aufgabe, Alberts Leben heiterer und

leichter zu machen. Statt dessen bin ich selber behindert und ungeschickt. Er müßte jemand um sich haben, der alles leichternimmt, der fünfe grade sein lassen kann. Ich weiß, wie sehr er sich Kinder gewünscht hat, auch diese Enttäuschung drückt auf ihn. Er ist ja nicht so, wie er jetzt oft scheint, er hat auch viel von Papa in sich, aber das Grübeln und Quälen hat immer mehr die Oberhand gewonnen.«

»Er soll froh sein, daß er dich hat!« wollte Hans rufen. Aber er fühlte, wie töricht es klänge. Und er sagte nur: »Du sorgst ja so gut für ihn.«

Das war nicht, was sie hören wollte. Mit der gewohnten Gebärde reckte sie abwehrend den Kopf hoch und zog die Brauen empor.

»Was kann ich denn tun?» meinte Hans kleinlaut.

Sofort ließ sie den Kopf wieder sinken.

»Ich weiß nicht. Du solltest nur davon wissen.« Und nach einer Pause: »Damit du mir helfen kannst.«

Bei den Worten hatte er ein Gefühl, wie wenn eine kleine Kinderhand sich vertraulich in seine schöbe. Er lächelte froh und sagte, ohne zu überlegen: »Recht so, Betty. Natürlich will ich dir helfen.«

Von Hans begleitet, schlug sie den Feldweg ein. Er kam mit bis zum Rande der Stadt, wo die Trambahn hielt. Sie gaben sich die Hände nur flüchtig, aber beide empfanden ein Erlebnis. Sie waren Freunde geworden.

Am Abend kam sie mit Albert, sie saßen bei Tische Hans gegenüber, der den Bruder mit einer neuen Teilnahme beobachtete. Albert, wenig über dreißig Jahre alt, hatte nichts Jugendliches mehr im Äußeren, er trug in Stirnfalten und im schon leicht verfärbten Schläfenhaar die Spuren einer nervösen Schwäche und eines für seine Natur nicht leichten Amtes an sich. Aber er war heute gut gelaunt, gesprächig und leidlich heiter. Wieder beobachtete der Bruder an ihm die alte Gewohnheit, daß er unfrei und unbequem im Stuhle saß und beständig seine Haltung veränderte. Auch erkannte er gleich beim ersten Wortgeplänkel mit einem leichten Mißbehagen die Gebärde wieder, mit welcher Albert bei jeder ihm unerwarteten und unliebsamen Wendung des Gesprächs mit der Fläche der linken Hand über die Schläfe strich, wie um einen sich meldenden Schmerz zu beruhigen. Diese Gebärde war es vor allem gewesen, an welcher Hans in den Jahren knabenhafter Empfindlichkeit Anstoß genommen hatte, ihretwegen war ihm der unverstandene ältere Bruder zuzeiten völlig zuwider gewesen. Dies Schläfenstreichen sah so aus, als klage Albert über einen ungerechten Angriff auf seine Ruhe und mache den Angreifer für sein Wehgefühl verantwortlich. Hans sah es mit Lächeln, aber ein Nachgeschmack ehemaliger Ablehnung war doch in ihm vorhanden.

Im übrigen betrachtete er wieder mit Aufmerksamkeit Alberts auffallendes Gesicht, das von beiden Eltern eigenartige Züge übernommen hatte und übertrieb; namentlich trat bei ihm im Lächeln der Zug von leicht spöttischer Skepsis, der beim Vater liebenswerteste Geistigkeit ausdrückte, beinahe häßlich hervor. Vom Vater stammte auch Alberts Nase und Ohr, nur war bei ihm die reiche Formung, namtlich der Nüstern, bis zu einer unruhigen und leidenden Sensibilität gesteigert. Die hellblauen Augen, von Schnitt und Farbe genau die der Mutter, wohnten fremd in diesem Gesicht, in dem sie doch das Schönste waren.

Je weniger sich Hans den Bruder als Freund vorstellen konnte, desto schonender dachte er über ihn, desto stärker sprachen die elterlichen Züge in Alberts Gesicht zu ihm, desto magischer erschien ihm das Geheimnis des Blutes, das ihn mit jenem verband.

Nach dem Abendessen bat Hans die Brudersfrau, etwas zu singen. Neander hatte es kaum gehört, als er die Bitte eifrig unterstützte. Ihm schlug Betty keinen Wunsch ab.

»Gerne«, sagte sie. »Was möchtest du hören, Vater?«

Sie wußte, daß Neander nur dann nach Musik begehrte, wenn er Verlangen nach dem Wiederhören eines ganz bestimmten Stückes trug.

»Wenn ihr einverstanden seid«, sagte der Alte höflich, »bitte ich um die Händel-Arie, die du im Winter einmal gesungen hast: Quel fiore, che ride.«

»Die Noten sind nicht da«, sagte Betty zögernd, »ich muß es aus dem Gedächtnis versuchen und mich selber begleiten. Aber es ist nur ein Bruchstück, was ihr zu hören bekommt. Es ist ein Duett für zwei Soprane und eigentlich ist es eine Barbarei, wenn ich es so singe, wie ich es mir für mich allein aus dem zweistimmigen Satz heraus kombiniert habe.«

»Bitte sing nur«, rief Albert.

Sie setzte sich ans Klavier, einen kleinen, altmodischen Flügel, und suchte leise die Begleitung zusammen. Nun blickte sie den Alten an, sah dann vor sich nieder und sang mit einer leichten, klaren Mädchenstimme rein und korrekt das Lied von der Blume, die in der Morgenfrühe lacht und nur bis zum Abend lebt:

Quel fiore che all'alba ride,
Il sole poi l'uccide,
E tomba ha nella sera,

E un fior la vita ancora:
L'occaso ha nell'aurora
E perde in un sol dì
La primavera.

»Wie schön!« sagte Hans nach einer Pause. »Und lauter Sachen, die kein Mensch kennt. Wo hast du das wieder gefunden?«

»Es war auf einer Reise. Ich war in Bern und kam im Spazierengehen gegen Abend vor das alte Münster, sah Leute hineingehen und erfuhr, daß ein Orgelkonzert darin sei. Da hörte ich das Lied von zwei Sängerinnen zur Orgel singen. – Magst du noch etwas hören, Papa?«

»Danke Kind, ich denke, es ist genug. Du mußt mit einem alten Mann Geduld haben, der nicht mehr viel Musik vertragen kann. Übrigens – darf ich sagen, daß das Lied mich beim zweiten Hören doch etwas enttäuscht? Es ist wie sein Text: Mehr hübsch als originell.«

»Du bist grausam«, rief Hans lebhaft. »Es kann doch nicht jedes kleine, hübsche Lied auch gleich eine Offenbarung sein.«

Neander ließ seine hellen, blauen Augen glänzen.

»Junge, da hast du vermutlich recht. Aber es ist ganz merkwürdig, wie entbehrlich die Kunst einem mit den Jahren werden kann. Tausend Kompositionen und Gemälde und Dichtungen, ohne die ich mir in alten Zeiten das Leben gar nicht mehr denken konnte, sind jetzt so gleichgültig geworden. Ich sehe mich noch dazu kommen, daß ein einziges Buch und ein einziges Musikstück meinem Bedarf an Kunst genügen.«

»Die möchte ich wohl kennen«, sagte Albert kritisch.

»Das Buch möchte ich lieber nicht nennen«, fuhr der Alte unbeirrt fort. »Aber das Musikstück wüßte ich schon.«

Albert sah ihn fragend an, und auch die andern blickten erwartungsvoll.

»Es ist der Actus Tragicus von Bach – aber freilich, während ich das sage, fällt mir schon ein andrer Gipfel dazu ein: das Ave verum corpus von Mozart. Darüber hinaus geht keine Musik.«

»Ich finde das aber doch ungerecht«, sagte Hans nachdenklich. »Du könntest schließlich grade so gut die Cherubin-Arie ›Voi che sapete‹ oder zwanzig andere Stücke vom gleichen Rang nennen.«

Neander strich seinen weißen Bart, und sein freundlicher Blick verlor sich zu Betty hinüber und über ihr schwarzglühendes, hochfrisiertes Haar hinweg ins Ziellose.

»Zugegeben«, nickte er langsam. »Es war eine Sentimentalität von mir. Immer wieder klammert man sich ans Liebgewordene und meint, es sei Treue, es ist aber bloß Trägheit. – Natürlich muß es auch ohne Actus Tragicus gehen und ohne Mozart und ohne all das. Es muß überhaupt ohne Kunst gehen. Sie ist eine feine und sensible Haut zwischen uns und dem Herzen der Welt, und es ist gewiß besser, diese dünne Haut zu haben als einen Panzer – aber um ganz ins Herz der Welt hineinzukommen, muß man auch diese zarteste Haut schließlich durchstoßen.«

Er lachte aus seinen etwas weitsichtigen Augen …

Hier endet das Fragment.

Iris

Ein Märchen

Im Frühling seiner Kindheit lief Anselm durch den grünen Garten. Eine Blume unter den Blumen der Mutter hieß Schwertlilie, die war ihm besonders lieb. Er hielt seine Wange an ihre hohen hellgrünen Blätter, drückte tastend seine Finger an ihre scharfen Spitzen, roch atmend an der großen wunderbaren Blüte und sah lange hinein. Da standen lange Reihen von gelben Fingern aus dem bleichbläulichen Blumenboden empor, zwischen ihnen lief ein lichter Weg hinweg und hinabwärts in den Kelch und das ferne, blaue Geheimnis der Blüte hinein. Die liebte er sehr, und blickte lange hinein, und sah die gelben feinen Glieder bald wie einen goldenen Zaun am Königsgarten stehen, bald als doppelten Gang von schönen Traumbäumen, die kein Wind bewegt, und zwischen ihnen lief hell und von glaszarten lebendigen Adern durchzogen der geheimnisvolle Weg ins Innere. Ungeheuer dehnte die Wölbung sich auf, nach rückwärts verlor der Pfad zwischen den goldenen Bäumen sich unendlich tief in unausdenkliche Schlünde, über ihm bog sich die violette Wölbung königlich und legte zauberische dünne Schatten über das stille wartende Wunder. Anselm wußte, daß dies der Mund der Blume war, daß hinter den gelben Prachtgewächsen im blauen Schlunde ihr Herz und ihre Gedanken wohnten, und daß über diesen holden, lichten, glasig geäderten Weg ihr Atem und ihre Träume aus und ein gingen.

Und neben der großen Blüte standen kleinere, die noch nicht aufgegangen waren, sie standen auf festen, saftigen Stielen in einem kleinen Kelche aus bräunlich grüner Haut, aus ihnen drang die junge Blüte still und kräftig hinan, in lichtes Grün und Lila fest gewickelt, oben aber schaute straff und zart gerollt das junge tiefe Violett mit feiner Spitze hervor. Auch schon auf diesen festgerollten, jungen Blütenblättern war Geäder und hundertfache Zeichnung zu sehen.

Am Morgen, wenn er aus dem Hause und aus dem Schlaf und Traum und fremden Welten wiederkam, da stand unverloren und immer neu der Garten und wartete auf ihn, und wo gestern eine harte blaue Blütenspitze dicht gerollt aus grüner Schale gestarrt hatte, da hing nun dünn und blau wie Luft ein junges Blatt, wie eine Zunge und wie eine Lippe, suchte tastend seine Form und Wölbung, von der es lang geträumt, und zu unterst, wo es noch im stillen Kampf mit seiner Hülle lag, da ahnte man schon feine gelbe Gewächse, lichte geäderte Bahn und fernen, duftenden Seelenabgrund bereitet. Vielleicht am Mittag schon, vielleicht am Abend war sie offen, wölbte blaues Seidenzelt über goldnem Traumwalde, und ihre ersten Träume, Gedanken und Gesänge kamen still aus dem zauberhaften Abgrund hervorgeatmet.

Es kam ein Tag, da standen lauter blaue Glockenblumen im Gras. Es kam ein Tag, da war plötzlich ein neuer Klang und Duft im Garten, und über rötlichem durchsonntem Laub hing weich und rotgolden die erste Teerose. Es kam ein Tag, da waren keine Schwertlilien mehr da. Sie waren gegangen, kein goldbezäunter Pfad mehr führte zart in duftende Geheimnisse hinab, fremd standen starre Blätter spitz und kühl. Aber rote Beeren waren in den Büschen reif, und über den Sternblumen flogen neue, unerhörte Falter frei und spielend hin, rotbraune mit perlmutternen Rücken und schwirrende, glasflüglige Schwärmer.

Anselm sprach mit den Faltern und mit den Kieselsteinen, er hatte zum Freund den Käfer und die Eidechse, Vögel erzählten ihm Vogelgeschichten, Farnkräuter zeigten ihm heimlich unterm

Dach der Riesenblätter den braunen gesammelten Samen, Glasscherben grün und kristallen fingen ihm den Sonnenstrahl und wurden Paläste, Gärten und funkelnde Schatzkammer. Waren die Lilien fort, so blühten die Kapuziner, waren die Teerosen welk, so wurden die Brombeeren braun, alles verschob sich, war immer da und immer fort, verschwand und kam zur Zeit wieder, und auch die bangen, wunderlichen Tage, wo der Wind kalt in der Tanne lärmte und im ganzen Garten das welke Laub so fahl und erstorben klirrte, brachten noch ein Lied, ein Erlebnis, eine Geschichte mit, bis wieder alles hinsank, Schnee vor den Fenstern fiel und Palmenwälder an den Scheiben wuchsen, Engel mit silbernen Glocken durch den Abend flogen und Flur und Boden nach gedörrtem Obst dufteten. Niemals erlosch Freundschaft und Vertrauen in dieser guten Welt, und wenn einmal unversehens wieder Schneeglöckchen neben dem schwarzen Efeulaub strahlten und erste Vögel hoch durch neue blaue Höhen flogen, so war es, als sei alles immerfort dagewesen. Bis eines Tages, nie erwartet und doch immer genau wie es sein mußte und immer gleich erwünscht, wieder eine erste bläuliche Blütenspitze aus den Schwertlilienstengeln schaute.

Alles war schön, alles war Anselm willkommen, befreundet und vertraut, aber der größte Augenblick des Zaubers und der Gnade war in jedem Jahr für den Knaben die erste Schwertlilie. In ihrem Kelch hatte er irgendeinmal, im frühsten Kindestraum, zum erstenmal im Buch der Wunder gelesen, ihr Duft und wehendes vielfaches Blau war ihm Anruf und Schlüssel der Schöpfung gewesen. So ging die Schwertlilie mit ihm durch alle Jahre seiner Unschuld, war in jedem Sommer neu, geheimnisreicher und rührender geworden. Auch andere Blumen hatten einen Mund, auch andre Blumen sandten Duft und Gedanken aus, auch andre lockten Biene und Käfer in ihre kleinen, süßen Kammern. Aber die blaue Lilie war dem Knaben mehr als jede andre Blume lieb und wichtig geworden, sie wurde ihm Gleichnis und Beispiel alles Nachdenkenswerten und Wunderbaren. Wenn er in ihren Kelch blickte und versunken diesem hellen träumerischen Pfad mit seinen Gedanken folgte, zwischen den gelben wunderlichen Gestäuden dem verdämmernden Blumeninnern entgegen, dann blickte seine Seele in das Tor, wo die Erscheinung zum Rätsel und das Sehen zum Ahnen wird. Er träumte auch bei Nacht zuweilen von diesem Blumenkelch, sah ihn ungeheuer groß vor sich geöffnet wie das Tor eines himmlischen Palastes, ritt auf Pferden, flog auf Schwänen hinein, und mit ihm flog und ritt und glitt die ganze Welt leise, von Magie gezogen, in den holden Schlund hinein und hinab, wo jede Erwartung zur Erfüllung und jede Ahnung Wahrheit werden mußte.

Jede Erscheinung auf Erden ist ein Gleichnis, und jedes Gleichnis ist ein offenes Tor, durch welches die Seele, wenn sie bereit ist, in das Innere der Welt zu gehen vermag, wo du und ich und Tag und Nacht alle eines sind. Jedem Menschen tritt hier und dort in seinem Leben das geöffnete Tor in den Weg, jeden fliegt irgendeinmal der Gedanke an, daß alles Sichtbare ein Gleichnis sei, und daß hinter dem Gleichnis der Geist und das ewige Leben wohne. Wenige freilich gehen durch das Tor und geben den schönen Schein dahin für die geahnte Wirklichkeit des Innern.

So erschien dem Knaben Anselm sein Blumenkelch als die aufgetane, stille Frage, der seine Seele in quellender Ahnung einer seligen Antwort entgegendrängte. Dann wieder zog das liebliche Vielerlei der Dinge ihn hinweg, in Gesprächen und Spielen zu Gras und Steinen, Wurzeln, Busch, Getier und allen Freundlichkeiten seiner Welt. Oft sank er tief in die Betrachtung seiner selbst hinab, er saß hingegeben an die Merkwürdigkeiten seines Leibes, fühlte mit geschlossenen Augen beim Schlucken, beim Singen, beim Atmen sonderbare Regungen, Gefühle und Vorstellungen im Munde und im Hals, fühlte auch dort dem Pfad und dem Tore nach, auf denen Seele zu Seele gehen kann. Mit Bewunderung beobachtete er die bedeutsamen Farbenfiguren, die bei geschlossenen Augen ihm oft aus purpurfarbenem Dunkel erschienen, Flecken und Halbkreise von Blau und tiefem Rot, glasig helle Linien dazwischen. Manchmal empfand Anselm mit froh erschrockener Bewegung die feinen, hundertfachen Zusammenhänge zwischen Auge und Ohr, Geruch und Getast, fühlte für schöne flüchtige Augenblicke Töne, Laute, Buchstaben verwandt und gleich mit Rot und Blau, mit Hart und Weich, oder wunderte sich beim Riechen an einem Kraut oder an einer abgeschälten grünen Rinde, wie sonderbar nahe Geruch und Geschmack beisammen waren und oft ineinander übergingen und eins wurden.

Alle Kinder fühlen so, wennschon nicht alle mit derselben Stärke und Zartheit, und bei vielen ist dies alles schon hinweg und wie nie gewesen, noch ehe sie den ersten Buchstaben haben lesen lernen. Andern bleibt das Geheimnis der Kindheit lange nah, und einen Rest und Nachhall davon nehmen sie bis zu den weißen Haaren und den späten müden Tagen mit sich. Alle Kinder, solange sie noch im Geheimnis stehen, sind ohne Unterlaß in der Seele mit dem einzig Wichtigen beschäftigt, mit sich selbst und mit dem rätselhaften Zusammenhang ihrer eignen Person mit der Welt ringsumher. Sucher und Weise kehren mit den Jahren der Reife zu diesen Beschäftigungen zurück, die meisten Menschen aber vergessen und verlassen diese innere Welt des wahrhaft Wichtigen schon früh für immer und irren lebenslang in den bunten Irrsalen von Sorgen, Wünschen und Zielen umher, deren keines in ihrem Innersten wohnt, deren keines sie wieder zu ihrem Innersten und nach Hause führt.

Blaue Iris. Aquarellierte Federzeichnung Hesses, um 1920

Anselms Kindersommer und -herbste kamen sanft und gingen ungehört, wieder und wieder blühte und verblühte Schneeglocke, Veilchen, Goldlack, Lilie, Immergrün und Rose, schön und reich wie je. Er lebte mit, ihm sprach Blume und Vogel, ihm hörte Baum und Brunnen zu, und er nahm seinen ersten geschriebenen Buchstaben und seinen ersten Freundschaftskummer in alter Weise mit hinüber zum Garten, zur Mutter, zu den bunten Steinen am Beet.

Aber einmal kam ein Frühling, der klang und roch nicht wie die frühern alle, die Amsel sang und es war nicht das alte Lied, die blaue Iris blühte auf und keine Träume und Märchengeschichten wandelten aus und ein auf dem goldgezäunten Pfad ihres Kelches. Es lachten die Erdbeeren versteckt aus ihrem grünen Schatten, und die Falter taumelten glänzend über den hohen Dolden, und alles war nicht mehr wie immer, und andre Dinge gingen den Knaben an, und mit der Mutter hatte er viel Streit. Er wußte selber nicht, was es war und warum ihm etwas weh tat und etwas immerfort ihn störte. Er sah nur, die Welt war verändert, und die Freundschaften der bisherigen Zeit fielen von ihm ab und ließen ihn allein.

So ging ein Jahr, und es ging noch eines, und Anselm war kein Kind mehr, und die bunten Steine um das Beet waren langweilig, und die Blumen stumm, und die Käfer hatte er auf Nadeln in einem Kasten stecken, und seine Seele hatte den langen, harten Umweg angetreten, und die alten Freuden waren versiegt und verdorrt.

Ungestüm drang der junge Mensch ins Leben, das ihm nun erst zu beginnen schien. Verweht und vergessen war die Welt der Gleichnisse, neue Wünsche und Wege lockten ihn hinweg. Noch hing Kindheit ihm wie ein Duft im blauen Blick und im weichen Haar, doch liebte er es nicht, wenn er daran erinnert wurde, und schnitt die Haare kurz und tat in seinen Blick so viel Kühnheit und Wissen als er vermochte. Launisch stürmte er durch die bangen, wartenden Jahre, guter Schüler bald und Freund, bald allein und scheu, einmal in Büchern vergraben bis in die Nächte, einmal wild und laut bei ersten Jünglingsgelagen. Die Heimat hatte er verlassen müssen und sah sie nur selten auf kurzen Besuchen wieder, wenn er verändert, gewachsen und fein gekleidet heim zur Mutter kam. Er brachte Freunde mit, brachte Bücher mit, immer anderes, und wenn er durch den alten Garten ging, war der Garten klein und schwieg vor seinem zerstreuten Blick. Nie mehr las er Geschichten im bunten Geäder der Steine und der Blätter, nie mehr sah er Gott und die Ewigkeit im Blütengeheimnis der blauen Iris wohnen.

Anselm war Schüler, war Student, er kehrte in die Heimat mit einer roten und dann mit einer gelben Mütze, mit einem Flaum auf der Lippe und mit einem jungen Bart. Er brachte Bücher in fremden Sprachen mit, und einmal einen Hund, und in einer Ledermappe auf der Brust trug er bald verschwiegene Gedichte, bald Abschriften uralter Weisheiten, bald Bildnisse und Briefe hübscher Mädchen. Er kehrte wieder, und war weit in fremden Ländern gewesen und hatte auf großen Schiffen auf dem Meere gewohnt. Er kehrte wieder und war ein junger Gelehrter, trug einen schwarzen Hut und dunkle Handschuhe, und die alten Nachbarn zogen die Hüte vor ihm und nannten ihn Professor, obschon er noch keiner war. Er kam wieder und trug schwarze Kleider, und ging schlank und ernst hinter dem langsamen Wagen her, auf dem seine alte Mutter im geschmückten Sarge lag. Und dann kam er selten mehr.

In der Großstadt, wo Anselm jetzt die Studenten lehrte und für einen berühmten Gelehrten galt, da ging er, spazierte, saß und stand genau wie andre Leute der Welt, im feinen Rock und

Hut, ernst oder freundlich, mit eifrigen und manchmal etwas ermüdeten Augen, und war ein Herr und ein Forscher, wie er es hatte werden wollen. Nun ging es ihm ähnlich wie es ihm am Ende seiner Kindheit gegangen war. Er fühlte plötzlich viele Jahre hinter sich weggeglitten, und stand seltsam allein und unbefriedigt mitten in der Welt, nach der er immer getrachtet hatte. Es war kein rechtes Glück, Professor zu sein, es war keine volle Lust, von Bürgern und Studenten tief gegrüßt zu werden. Es war alles wie welk und verstaubt, und das Glück lag wieder weit in der Zukunft, und der Weg dahin sah heiß und staubig und gewöhnlich aus.

In dieser Zeit kam Anselm viel in das Haus eines Freundes, dessen Schwester ihn anzog. Er lief jetzt nicht mehr leicht einem hübschen Gesichte nach, auch das war anders geworden, und er fühlte, daß das Glück für ihn auf besondere Weise kommen müsse und nicht hinter jedem Fenster liegen könne. Die Schwester seines Freundes gefiel ihm sehr, und oft glaubte er zu wissen, daß er sie wahrhaft liebe. Aber sie war ein besonderes Mädchen, jeder Schritt und jedes Wort von ihr war eigen gefärbt und geprägt, und es war nicht immer leicht, mit ihr zu gehen und den gleichen Schritt mit ihr zu finden. Wenn Anselm zuweilen in seiner einsamen Wohnung am Abend auf und nieder ging und nachdenklich seinem eigenen Schritt durch die leeren Stuben zuhörte, dann stritt er viel mit sich selber wegen seiner Freundin. Sie war älter, als er sich seine Frau gewünscht hätte. Sie war sehr eigen, und es würde schwierig sein, neben ihr zu leben und seinem gelehrten Ehrgeiz zu folgen, denn von dem mochte sie nichts hören. Auch war sie nicht sehr stark und gesund, und konnte namentlich Gesellschaft und Feste schlecht ertragen. Am liebsten lebte sie, mit Blumen und Musik und etwa einem Buch um sich, in einsamer Stille, wartete, ob jemand zu ihr käme, und ließ die Welt ihren Gang gehen. Manchmal war sie so zart und empfindlich, daß alles Fremde ihr weh tat und sie leicht zum Weinen brachte. Dann wieder strahlte sie still und fein in einem einsamen Glück, und wer es sah, der fühlte, wie schwer es sei, dieser schönen seltsamen Frau etwas zu geben und etwas für sie zu bedeuten. Oft glaubte Anselm, daß sie ihn liebhabe, oft schien es ihm, sie habe niemanden lieb, sei nur mit allen zart und freundlich, und begehre von der Welt nichts als in Ruhe gelassen zu werden. Er aber wollte anderes vom Leben, und wenn er eine Frau haben würde, so müßte Leben und Klang und Gastlichkeit im Hause sein.

»Iris«, sagte er zu ihr, »liebe Iris, wenn doch die Welt anders eingerichtet wäre! Wenn es gar nichts gäbe als deine schöne, sanfte Welt mit Blumen, Gedanken und Musik, dann wollte ich mir nichts andres wünschen als mein Leben lang bei dir zu sein, deine Geschichten zu hören und in deinen Gedanken mitzuleben. Schon dein Name tut mir wohl, Iris ist ein wundervoller Name, ich weiß gar nicht, woran er mich erinnert.«

»Du weißt doch«, sagte sie, »daß die blauen und gelben Schwertlilien so heißen.«

»Ja«, rief er in einem beklommenen Gefühl, »das weiß ich wohl, und schon das ist sehr schön. Aber immer wenn ich deinen Namen sage, will er mich noch außerdem an irgend etwas mahnen, ich weiß nicht was, als sei er mir mit ganz tiefen, fernen, wichtigen Erinnerungen verknüpft, und doch weiß und finde ich nicht, was das sein könnte.«

Iris lächelte ihn an, der ratlos stand und mit der Hand seine Stirne rieb.

»Mir geht es jedesmal so«, sagte sie mit ihrer vogelleichten Stimme zu Anselm, »wenn ich an einer Blume rieche. Dann meint mein Herz jedesmal, mit dem Duft sei ein Andenken an etwas überaus Schönes und Kostbares verbunden, das einmal vorzeiten mein war und mir verlorengegangen ist. Mit der Musik ist es auch so, und manchmal mit Gedichten – da blitzt auf einmal etwas auf, einen Augenblick lang, wie wenn man eine verlorene Heimat plötzlich unter sich im Tale liegen sähe, und ist gleich wieder weg und vergessen. Lieber Anselm, ich glaube, daß wir zu diesem Sinn auf Erden sind, zu diesem Nachsinnen und Suchen und Horchen auf verlorene ferne Töne, und hinter ihnen liegt unsere wahre Heimat.«

»Wie schön du das sagst«, schmeichelte Anselm, und er fühlte in der eigenen Brust eine fast schmerzende Bewegung, als weise dort ein verborgener Kompaß unweigerlich seinem fernen Ziele zu. Aber dieses Ziel war ganz ein andres, als er es seinem Leben geben wollte, und das tat weh, und war es denn seiner würdig, sein Leben in Träumen hinter hübschen Märchen her zu verspielen?

Indessen kam ein Tag, da war Herr Anselm von einer einsamen Reise heimgekehrt und fand sich von seiner kahlen Gelehrtenwohnung so kalt und bedrückend empfangen, daß er zu seinen Freunden lief und gesonnen war, die schöne Iris um ihre Hand zu bitten.

»Iris«, sagte er zu ihr, »ich mag so nicht weiterleben. Du bist immer meine gute Freundin gewesen, ich muß dir alles sagen. Ich muß eine Frau haben, sonst fühle ich mein Leben leer und ohne Sinn. Und wen sollte ich mir zur Frau wünschen, als dich, du liebe Blume? Willst du, Iris? Du sollst Blumen haben, so viele nur zu finden sind, den schönsten Garten sollst du haben. Magst du zu mir kommen?«

Iris sah ihm lang und ruhig in die Augen, sie lächelte nicht und errötete nicht, und gab ihm mit fester Stimme Antwort:

»Anselm, ich bin über deine Frage nicht erstaunt. Ich habe

dich lieb, obschon ich nie daran gedacht habe, deine Frau zu werden. Aber sieh, mein Freund, ich mache große Ansprüche an den, dessen Frau ich werden soll. Ich mache größere Ansprüche, als die meisten Frauen machen. Du hast mir Blumen angeboten, und meinst es gut damit. Aber ich kann auch ohne Blumen leben, und auch ohne Musik, ich könnte alles das und viel andres wohl entbehren, wenn es sein müßte. Eins aber kann und will ich nie entbehren: ich kann niemals auch nur einen Tag lang so leben, daß nicht die Musik in meinem Herzen mir die Hauptsache ist. Wenn ich mit einem Manne leben soll, so muß es einer sein, dessen innere Musik mit der meinen gut und fein zusammenstimmt, und daß seine eigene Musik rein und daß sie gut zu meiner klinge, muß sein einziges Begehren sein. Kannst du das, Freund? Du wirst dabei wahrscheinlich nicht weiter berühmt werden und Ehren erfahren, dein Haus wird still sein, und die Falten, die ich auf deiner Stirn seit manchem Jahr her kenne, müssen alle wieder ausgetan werden. Ach, Anselm, es wird nicht gehen. Sieh, du bist so, daß du immer neue Falten in deine Stirne studieren und dir immer neue Sorgen machen mußt, und was ich sinne und bin, das liebst du wohl und findest es hübsch, aber es ist für dich wie für die meisten doch bloß ein feines Spielzeug. Ach, höre mich wohl: alles, was dir jetzt Spielzeug ist, ist mir das Leben selbst und müßte es auch dir sein, und alles, woran du Mühe und Sorge wendest, das ist für mich ein Spielzeug, ist für meinen Sinn nicht wert, daß man dafür lebe. – Ich werde nicht mehr anders werden, Anselm, denn ich lebe nach einem Gesetz, das in mir ist. Wirst aber du anders werden können? Und du müßtest ganz anders werden, damit ich deine Frau sein könnte.«

Anselm schwieg, betroffen vor ihrem Willen, den er schwach und spielerisch gemeint hatte. Er schwieg und zerdrückte achtlos in der erregten Hand eine Blume, die er vom Tisch genommen hatte.

Da nahm ihm Iris sanft die Blume aus der Hand – es fuhr ihm wie ein schwerer Vorwurf ins Herz – und lächelte nun plötzlich hell und liebevoll, als habe sie ungehofft einen Weg aus dem Dunkel gefunden.

»Ich habe einen Gedanken«, sagte sie leise und errötete dabei. »Du wirst ihn sonderbar finden, er wird dir eine Laune scheinen. Aber er ist keine Laune. Willst du ihn hören? Und willst du ihn annehmen, daß er über dich und mich entscheiden soll?«

Ohne sie zu verstehen, blickte Anselm seine Freundin an, Sorge in den blassen Zügen. Ihr Lächeln bezwang ihn, daß er Vertrauen faßte und ja sagte.

»Ich möchte dir eine Aufgabe stellen«, sagte Iris und wurde rasch wieder sehr ernst.

»Tue das, es ist dein Recht«, ergab sich der Freund.

»Es ist mein Ernst«, sagte sie, »und mein letztes Wort. Willst du es hinnehmen, wie es mir aus der Seele kommt, und nicht daran markten und feilschen, auch wenn du es nicht sogleich verstehst?«

Anselm versprach es. Da sagte sie, indem sie aufstand und ihm die Hand gab:

»Mehrmals hast du mir gesagt, daß du beim Aussprechen meines Namens jedesmal dich an etwas Vergessenes erinnert fühlst, was dir einst wichtig und heilig war. Das ist ein Zeichen, Anselm, und das hat dich alle die Jahre zu mir hingezogen. Auch ich glaube, daß du in deiner Seele Wichtiges und Heiliges verloren und vergessen hast, was erst wieder wach sein muß, ehe du ein Glück finden und das dir Bestimmte erreichen kannst. – Leb wohl, Anselm! Ich gebe dir die Hand und bitte dich: geh und sieh, daß du das in deinem Gedächtnis wiederfindest, woran du durch meinen Namen erinnert wirst. Am Tage, wo du es wiedergefunden hast, will ich als deine Frau mit dir hingehen, wohin du willst, und keine Wünsche mehr haben, als deine.«

Bestürzt wollte der verwirrte Anselm ihr ins Wort fallen und diese Forderung eine Laune schelten, aber sie mahnte ihn mit einem klaren Blick an sein Versprechen, und er schwieg still. Mit niedergeschlagenen Augen nahm er ihre Hand, zog sie an seine Lippen und ging hinaus.

Manche Aufgaben hatte er in seinem Leben auf sich genommen und gelöst, aber keine war so seltsam, wichtig und dabei so entmutigend gewesen wie diese. Tage und Tage lief er umher und sann sich daran müde, und immer wieder kam die Stunde, wo er verzweifelt und zornig diese ganze Aufgabe eine verrückte Weiberlaune schalt und in Gedanken von sich warf. Dann aber widersprach tief in seinem Innern etwas, ein sehr feiner, heimlicher Schmerz, eine ganz zarte, kaum hörbare Mahnung. Diese feine Stimme, die in seinem eigenen Herzen war, gab Iris recht und tat dieselbe Forderung wie sie.

Allein diese Aufgabe war allzu schwer für den gelehrten Mann. Er sollte sich an etwas erinnern, was er längst vergessen hatte, er sollte einen einzelnen, goldenen Faden aus dem Spinnweb untergesunkener Jahre wiederfinden, er sollte etwas mit Händen greifen und seiner Geliebten darbringen, was nichts war als ein verwehter Vogelruf, ein Anflug von Lust oder Trauer beim Hören einer Musik, was dünner, flüchtiger und körperloser war als ein Gedanke, nichtiger als ein nächtlicher Traum, unbestimmter als ein Morgennebel.

Manchmal, wenn er verzagend das alles von sich geworfen und voll übler Laune aufgegeben hatte, dann wehte ihn unversehens etwas an wie ein Hauch aus fernen Gärten, er flüsterte den

Namen Iris vor sich hin, zehnmal und mehrmal, leise und spielend, wie man einen Ton auf einer gespannten Saite prüft. »Iris«, flüsterte er, »Iris«, und mit feinem Weh fühlte er in sich innen etwas sich bewegen, wie in einem alten verlassenen Hause ohne Anlaß eine Tür aufgeht und ein Laden knarrt. Er prüfte seine Erinnerungen, die er wohl geordnet in sich zu tragen geglaubt hatte, und er kam dabei auf wunderliche und bestürzende Entdeckungen. Sein Schatz an Erinnerungen war unendlich viel kleiner, als er je gedacht hätte. Ganze Jahre fehlten und standen leer wie unbeschriebene Blätter, wenn er zurückdachte. Er fand, daß er große Mühe hatte, sich das Bild seiner Mutter wieder deutlich vorzustellen. Er hatte vollkommen vergessen, wie ein Mädchen hieß, das er als Jüngling wohl ein Jahr lang mit brennender Werbung verfolgt hatte. Ein Hund fiel ihm ein, den er einst als Student in einer Laune gekauft und der eine Zeitlang mit ihm gewohnt und gelebt hatte. Er brauchte Tage, bis er wieder auf des Hundes Namen kam.

Schmerzvoll sah der arme Mann mit wachsender Trauer und Angst, wie zerronnen und leer sein Leben hinter ihm lag, nicht mehr zu ihm gehörig, ihm fremd und ohne Beziehung zu ihm wie etwas, was man einst auswendig gelernt hat und wovon man nun mit Mühe noch öde Bruchstücke zusammenbringt. Er begann zu schreiben, er wollte, Jahr um Jahr zurück, seine wichtigsten Erlebnisse niederschreiben, um sie einmal wieder fest in Händen zu haben. Aber wo waren seine wichtigsten Erlebnisse? Daß er Professor geworden war? Daß er einmal Doktor, einmal Schüler, einmal Student gewesen war? Oder daß ihm einmal, in verschollenen Zeiten, dies Mädchen oder jenes eine Weile gefallen hatte? Erschreckend blickte er auf: war das das Leben? War dies alles? Und er schlug sich vor die Stirn und lachte gewaltsam.

Indessen lief die Zeit, nie war sie so schnell und unerbittlich gelaufen! Ein Jahr war um, und ihm schien, er stehe noch genau am selben Ort wie in der Stunde, da er Iris verlassen. Doch hatte er sich in dieser Zeit sehr verändert, was außer ihm ein jeder sah und wußte. Er war sowohl älter wie jünger geworden. Seinen Bekannten war er fast fremd geworden, man fand ihn zerstreut, launisch und sonderbar, er kam in den Ruf eines seltsamen Kauzes, für den es schade sei, aber er sei zu lange Junggesell geblieben. Es kam vor, daß er seine Pflichten vergaß und daß seine Schüler vergebens auf ihn warteten. Es geschah, daß er gedankenvoll durch eine Straße schlich, den Häusern nach, und mit dem verwahrlosten Rock im Hinstreifen den Staub von den Gesimsen wischte. Manche meinten, er habe zu trinken angefangen. Andre Male aber hielt er mitten in einem Vortrag vor seinen Schülern inne, suchte sich auf etwas zu besinnen, lächelte kindlich und herzbezwingend, wie es niemand an ihm gekannt hatte, und fuhr mit einem Ton der Wärme und Rührung fort, der vielen zu Herzen ging.

Längst war ihm auf dem hoffnungslosen Streifzug hinter den Düften und verwehten Spuren ferner Jahre her ein neuer Sinn zugekommen, von dem er jedoch selbst nichts wußte. Es war ihm öfter und öfter vorgekommen, daß hinter dem, was er bisher Erinnerungen genannt, noch andre Erinnerungen lagen, wie auf einer alten bemalten Wand zuweilen hinter den alten Bildern noch ältere, einst übermalte verborgen schlummern. Er wollte sich auf irgend etwas besinnen, etwa auf den Namen einer Stadt, in der er als Reisender einmal Tage verbracht hatte, oder auf den Geburtstag eines Freundes, oder auf irgend etwas, und indem er nun ein kleines Stück Vergangenheit wie Schutt durchgrub und durchwühlte, fiel ihm plötzlich etwas ganz anderes ein. Es überfiel ihn ein Hauch, wie ein Aprilmorgenwind oder wie ein Septembernebeltag, er roch einen Duft, er schmeckte einen Geschmack, er fühlte dunkle zarte Gefühle irgendwo, auf der Haut, in den Augen, im Herzen, und langsam wurde ihm: es müsse einst ein Tag gewesen sein, blau, warm, oder kühl, grau, oder irgend sonst ein Tag, und das Wesen dieses Tages müsse in ihm sich verfangen haben und als dunkle Erinnerung hängengeblieben sein. Er konnte den Frühlings- oder Wintertag, den er deutlich roch und fühlte, nicht in der wirklichen Vergangenheit wiederfinden, es waren keine Namen und Zahlen dabei, vielleicht war es in der Studentenzeit, vielleicht noch in der Wiege gewesen, aber der Duft war da, und er fühlte etwas in sich lebendig, wovon er nichts wußte und was er nicht nennen und bestimmen konnte. Manchmal schien es ihm, es könnten diese Erinnerungen wohl auch über das Leben zurück in Vergangenheiten eines vorigen Daseins reichen, obwohl er darüber lächelte.

Vieles fand Anselm auf seinen ratlosen Wanderungen durch die Schlünde des Gedächtnisses. Vieles fand er, was ihn rührte und ergriff, und vieles, was erschreckte und Angst machte, aber das eine fand er nicht, was der Name Iris für ihn bedeute.

Einstmals suchte er auch, in der Qual des Nichtfindenkönnens, seine alte Heimat wieder auf, sah die Wälder und Gassen, die Stege und Zäune wieder, stand im alten Garten seiner Kindheit und fühlte die Wogen über sein Herz fluten, Vergangenheit umspann ihn wie Traum. Traurig und still kam er von dort zurück. Er ließ sich krank sagen und jeden wegschicken, der zu ihm begehrte.

Einer kam dennoch zu ihm. Es war sein Freund, den er seit seiner Werbung um Iris nicht mehr gesehen hatte. Er kam und sah Anselm verwahrlost in seiner freudlosen Klause sitzen.

»Steh auf«, sagte er zu ihm, »und komm mit mir. Iris will dich sehen.«

Anselm sprang empor.

»Iris! Was ist mit ihr? – O ich weiß, ich weiß!«

»Ja«, sagte der Freund, »komm mit! Sie will sterben, sie liegt seit langem krank.«

Sie gingen zu Iris, sie lag auf einem Ruhebett leicht und schmal wie ein Kind, und lächelte hell aus vergrößerten Augen. Sie gab Anselm ihre weiße Kinderhand, die lag wie eine Blume in seiner, und ihr Gesicht war wie verklärt.

»Anselm«, sagte sie, »bist du mir böse? Ich habe dir eine schwere Aufgabe gestellt, und ich sehe, du bist ihr treu geblieben. Suche weiter, und gehe diesen Weg, bis du am Ziele bist! Du meintest ihn meinetwegen zu gehen, aber du gehst ihn deinetwegen. Weißt du das?«

»Ich ahnte es«, sagte Anselm, »und nun weiß ich es. Es ist ein langer Weg, Iris, und ich wäre längst zurückgegangen, aber ich finde keinen Rückweg mehr. Ich weiß nicht, was aus mir werden soll.«

Sie blickte ihm in die traurigen Augen und lächelte licht und tröstlich, er bückte sich über ihre dünne Hand und weinte lang, daß ihre Hand naß von seinen Tränen wurde.

»Was aus dir werden soll«, sagte sie mit einer Stimme, die nur wie Erinnerungsschein war, »was aus dir werden soll, mußt du nicht fragen. Du hast viel gesucht in deinem Leben. Du hast die Ehre gesucht, und das Glück, und das Wissen, und hast mich gesucht, deine kleine Iris. Das alles sind nur hübsche Bilder gewesen, und sie verließen dich, wie ich dich nun verlassen muß. Auch mir ist es so gegangen. Immer habe ich gesucht, und immer waren es schöne liebe Bilder, und immer wieder fielen sie ab und waren verblüht. Ich weiß nun keine Bilder mehr, ich suche nichts mehr, ich bin heimgekehrt und habe nur noch einen kleinen Schritt zu tun, dann bin ich in der Heimat. Auch du wirst dorthin kommen, Anselm, und wirst dann keine Falten mehr auf deiner Stirne haben.«

Sie war so bleich, daß Anselm verzweifelt rief: »O warte noch, Iris, geh noch nicht fort! Laß mir ein Zeichen da, daß du mir nicht verlorengehst!«

Sie nickte und griff neben sich in ein Glas und gab ihm eine frisch aufgeblühte blaue Schwertlilie.

»Da nimm meine Blume, die Iris, und vergiß mich nicht. Suche mich, suche die Iris, dann wirst du zu mir kommen.«

Weinend hielt Anselm die Blume in Händen, und nahm weinend Abschied. Als der Freund ihm Botschaft sandte, kam er wieder und half ihren Sarg mit Blumen schmücken und zur Erde bringen.

Dann brach sein Leben hinter ihm zusammen, es schien ihm nicht möglich, diesen Faden fortzuspinnen. Er gab alles auf, verließ Stadt und Amt, und verscholl in der Welt. Hier und dort wurde er gesehen, in seiner Heimat tauchte er auf und lehnte sich über den Zaun des alten Gartens, aber wenn die Leute nach ihm fragen und sich um ihn annehmen wollten, war er weg und verschwunden.

Die Schwertlilie blieb ihm lieb. Oft bückte er sich über eine, wo immer er sie stehen sah, und wenn er lang den Blick in ihren Kelch versenkte, schien ihm aus dem bläulichen Grunde Duft und Ahnung alles Gewesenen und Künftigen entgegenzuwehen, bis er traurig weiterging, weil die Erfüllung nicht kam. Ihm war, als lausche er an einer halb offen stehenden Tür, und höre lieblichstes Geheimnis hinter ihr atmen, und wenn er eben meinte, jetzt und jetzt müsse alles sich ihm geben und erfüllen, war die Tür zugefallen und der Wind der Welt strich kühl über seine Einsamkeit.

In seinen Träumen sprach die Mutter zu ihm, deren Gestalt

und Gesicht er nun so deutlich und nahe fühlte wie in langen Jahren nie. Und Iris sprach zu ihm, und wenn er erwachte, klang ihm etwas nach, woran zu sinnen er den ganzen Tag verweilte. Er war ohne Stätte, fremd lief er durch die Lande, schlief in Häusern, schlief in Wäldern, aß Brot oder aß Beeren, trank Wein oder trank Tau aus den Blättern der Gebüsche, er wußte nichts davon. Vielen war er ein Narr, vielen war er ein Zauberer, viele fürchteten ihn, viele lachten über ihn, viele liebten ihn. Er lernte, was er nie gekonnt, bei Kindern zu sein und an ihren seltsamen Spielen teilhaben, mit einem abgebrochenen Zweig und mit einem Steinchen reden. Winter und Sommer liefen an ihm vorbei, in Blumenkelche schaute er und in Bach und See.

»Bilder«, sagte er zuweilen vor sich hin, »alles nur Bilder.«

Aber in sich fühlte er ein Wesen, das nicht Bild war, dem folgte er, und das Wesen in ihm konnte zuzeiten sprechen, und seine Stimme war die der Iris und die der Mutter, und sie war Trost und Hoffnung.

Wunder begegneten ihm, und sie wunderten ihn nicht. Und so ging er einst im Schnee durch einen winterlichen Grund, und an seinem Bart war Eis gewachsen. Und im Schnee stand spitz und schlank eine Irispflanze, die trieb eine schöne einsame Blüte, und er bückte sich zu ihr und lächelte, denn nun erkannte er das, woran ihn die Iris immer und immer gemahnt hatte. Er erkannte seinen Kindertraum wieder, und sah zwischen goldenen Stäben die lichtblaue Bahn hellgeädert in das Geheimnis und Herz der Blume führen, und wußte, dort war das, was er suchte, dort war das Wesen, das kein Bild mehr ist.

Und wieder trafen ihn Mahnungen, Träume führten ihn, und er kam zu einer Hütte, da waren Kinder, die gaben ihm Milch, und er spielte mit ihnen, und sie erzählten ihm Geschichten, und erzählten ihm, im Wald bei den Köhlern sei ein Wunder geschehen. Da sehe man die Geisterpforte offen stehen, die nur alle tausend Jahre sich öffne. Er hörte zu und nickte dem lieben Bilde zu, und ging weiter, ein Vogel sang vor ihm im Erlengebüsch, der hatte eine seltene, süße Stimme, wie die Stimme der gestorbenen Iris. Dem folgte er, er flog und hüpfte weiter, über den Bach und weit in die Wälder hinein.

Als der Vogel schwieg und nicht mehr zu hören noch zu sehen war, blieb Anselm stehen und sah sich um. Er stand in einem tiefen Tal im Walde, unter breiten grünen Blättern rann leise ein Gewässer, sonst war alles still und wartend. In seiner Brust aber sang der Vogel fort, mit der geliebten Stimme, und trieb ihn weiter, bis er vor einer Felswand stand, die war mit Moos bewachsen, und in ihrer Mitte klaffte ein Spalt, der führte schmal und eng ins Innere des Berges.

Ein alter Mann saß vor dem Spalt, der erhob sich, als er Anselm kommen sah, und rief: »Zurück, du Mann, zurück! Das ist das Geistertor. Es ist noch keiner wiedergekommen, der da hineingegangen ist.«

Anselm blickte empor und in das Felsentor, da sah er tief in den Berg einen blauen Pfad sich verlieren, und goldene Säulen standen dicht zu beiden Seiten, und der Pfad sank nach innen hinabwärts wie in den Kelch einer ungeheuren Blume hinunter.

In seiner Brust sang der Vogel hell, und Anselm schritt an dem Wächter vorüber in den Spalt und durch die goldenen Säulen hin ins blaue Geheimnis des Innern. Es war Iris, in deren Herz er drang, und es war die Schwertlilie im Garten der Mutter, in deren blauen Kelch er schwebend trat, und als er still der goldnen Dämmerung entgegenging, da war alle Erinnerung und alles Wissen mit einem Male bei ihm, er fühlte seine Hand, und sie war klein und weich, Stimmen der Liebe klangen nah und vertraut in sein Ohr, und sie klangen so, und die goldnen Säulen glänzten so, wie damals in den Frühlingen der Kindheit alles ihm getönt und geleuchtet hatte.

Und auch sein Traum war wieder da, den er als kleiner Knabe geträumt, daß er in den Kelch hinabschritt, und hinter ihm schritt und glitt die ganze Welt der Bilder mit und versank im Geheimnis, das hinter allen Bildern liegt.

Leise fing Anselm an zu singen, und sein Pfad sank leise abwärts in die Heimat.

Hermann Hesse im Juli 1935. Foto: Martin Hesse

Blick vom Garten auf die »Casa rossa«, das Haus, welches Hesse und seine Frau Ninon von 1931 bis 1962 bzw. 1966 bewohnten. Ölbild von Gunter Böhmer, 1948

Nachwort

Auch für Freunde der Natur ist es ja schon ein kleines Erlebnis und Glück, wenn sie je und je einen Fuchs oder Kuckuck zu Gesicht bekommen und beobachten können. Es ist dann, wie wenn für Augenblicke entweder die Kreatur ihre Angst vor dem mörderischen Menschen verloren hätte, oder wie wenn der Mensch selbst wieder in die Unschuld eines vormenschlichen Lebens einbezogen wäre.

Aus Hermann Hesse »Vogel«

In saloppen Gartenkleidung, mit Strohhut und offenem Hemdkragen, war Hermann Hesse Anfang Juli 1958, ein Jahr nach seinem 80. Geburtstag, auf der Titelseite des Nachrichtenmagazins »Der Spiegel« abgebildet, auf einem charakteristischen, wenngleich mehr als zwanzig Jahre zuvor von seinem Sohn Martin aufgenommenen Porträtfoto. Der Blick durch die runden Gläser seiner Nickelbrille ist mit freundlicher Skepsis auf den Betrachter gerichtet, als wolle er prüfen, ob auch dieser den Widerspruch durchschauen werde, der sich zwischen dem wachen Ausdruck des Porträts und dem Bildvermerk »In der Gartenlaube« auftut, den die »Spiegel«-Redaktion daruntergesetzt hatte. Was dann in der Titelgeschichte zur Erhärtung dieser Legende unter der Überschrift »Hermann Hesse im Gemüsebeet« an teils fehlerhaft recherchierten, teils geistreich vergifteten Halbwahrheiten nachgeliefert wurde, entsprach eher dem Wunschdenken des anonymen Verfassers als der Wirklichkeit und war weder in Einklang zu bringen mit dem aufklärerischen Selbstverständnis dieser Zeitschrift noch mit dem Format des Porträtierten, das auf die Lächerlichkeit eines Gartenzwerges unter den Nobelpreisträgern heruntergespielt wurde, mit dem sich zu befassen hoffnungslos rückständig und unter der Würde jedes Lesers sei, der ernstgenommen werden und mitreden wollte.

Mit dieser Karikatur von Hesses angeblich wirklichkeitsfremdem »Gärtnerdasein zwischen den Tessiner Hügeln« waren die Weichen gestellt für die akademische Abstinenz und die journalistische Überheblichkeit der deutschen Hesse-Rezeption der folgenden Jahrzehnte. Denn wer mochte sich schon durch die Beschäftigung mit einem Autor disqualifizieren, den quietistische »Kleingärtnerfreuden« vom »internationalen Konzert der Weltliteratur ausschlossen« (»Der Spiegel«). Als dann wenige Jahre nach Hesses Tod rund um den Erdball eine Verbreitung seiner Bücher einsetzte, wie sie keinem anderen deutschsprachigen Dichter des 20. Jahrhunderts beschieden war, und dem Begriff der Weltliteratur auf eine Weise gerecht wurde, die bisher niemand für möglich gehalten hatte, waren die Schriftgelehrten überfordert und reagierten, wenn überhaupt, mit aufsässiger Abwehr oder taktischem Totschweigen, wie immer, wenn ein unerwartetes Phänomen die sonst so Zungenfertigen ungerüstet findet.

Die Zumutung, eine so handliche, jedes genauere Studium erübrigende Legende gegen ein angemesseneres Bild von diesem Dichter austauschen und eingestehen zu müssen, daß man mit dem Wunschbild des »Spiegel« vielleicht doch einem Gerücht aufgesessen sei, hat bis auf den heutigen Tag vor allem die Wahrnehmung von Hesses mittlerweile auch in Buchform zusammengefaßten zeitkritischen Schriften behindert, die er zwar in sechzig verschiedenen Zeitungen und Zeitschriften publizierte, doch selber nicht gesammelt und in geschlossener Form vorgelegt hat. Denn gerade diese, inzwischen mehr als zehn Bände füllenden politischen und kulturkritischen Publikationen und Briefeditionen sind es, die der Fama vom weltfremden Schrebergärtner jedweden Boden entziehen.

Weil es aber als ausgemacht gilt, daß Schriftsteller, die sich mit der Natur oder gar mit dem Inbegriff für Begrenztheit Rückzug: mit ihrem Garten befassen, unbedarft, reaktionär (auf der Flucht vor den Realitäten des Lebens sind, um sich ... Forderungen des Tages zu entziehen, verdrängte man alles, was dieser Schablone widersprach. So konnte es kommen, daß Hermann Hesse, gemessen an seiner Bedeutung und Wirkung in der akademischen und öffentlichen Diskussion, nirgendwo in der Welt so unterrepräsentiert ist wie in seinem eigenen Sprachgebiet, obwohl sein Werk mittlerweile auch bei uns populärer ist und mehr gelesen wird als das all jener Autoren, mit denen man an der geistesgeschichtlichen Börse unserer Universitäten und Medien auszukommen glaubt. Ginge es jedoch im Kulturbetrieb mit rechten Dingen zu, würde also der realen Bedeutung von Künstlern (wie sie sich in ihrer überregionalen Breitenwirkung niederschlägt) die Beachtung im eigenen Land entsprechen, dann müßten Schriftsteller wie Hermann Hesse oder auch Stefan Zweig zu den besterforschten und meistdiskutierten der Gegenwartsliteratur zählen.

Diesen Hintergrund sollte man vor Augen haben, wenn nun, anläßlich der hier erstmals zusammengefaßten Texte über den Garten, dieser zwar beiläufige, aber keineswegs unergiebige Aspekt von Hesses Alltag erneut ins Blickfeld rückt.

Schon sein erster, 1903 entstandener Roman *Peter Camenzind*, der es dem damals 25jährigen Verfasser erlaubte, den acht Jahre lang geübten Brotberuf als Buchhändler und Antiquar aufzugeben und künftig seinen Lebensunterhalt als Schriftsteller zu bestreiten, war eher das Gegenteil dessen, was in den Gründerjahren der Industrialisierung und Automation als progressiv und wünschenswert galt. Das Buch war ein Hymnus auf die von der fortschreitenden Urbanisierung bedrohte Natur und auf ein

Leben, das sich im Einklang mit Gesetzen und Proportionen befand, über die sich nicht ungestraft hinwegsetzen kann, wer selbst diesen Mustern entspricht und entstammt. Es war ein Aufbegehren gegen die Einäugigkeit des Fortschritts, gegen das Diktat maschineller Fremdbestimmung, gegen die Beschleunigung, Monotonisierung und Versklavung des Lebens durch Stechkarte und Stoppuhr. Auch die vielgerühmten Vorteile der Mechanisierung, die Erleichterung der Arbeit und der Gewinn an Zeit, den die Rationalisierungstechnologie brachte, waren Hesse nicht geheuer. Es sei, schreibt er 1907 dem Schriftstellerkollegen Jakob Schaffner, »mit den Maschinen wie mit allem: die paar guten und freien Menschen werden gefördert, aber den Millionen Lumpen wird ihr Betrieb ebenfalls erleichtert.« Wie berechtigt diese frühen Vorbehalte gegen die »Perfektion der Technik« (Friedrich Georg Jünger) waren, zeigte sich schon bald am militärischen und propagandistischen Mißbrauch, der die jeweiligen Machthaber zu beispiellosen materiellen Zerstörungen und Manipulationen der Bevölkerung befähigte, ganz zu schweigen von den Folgen für die Umwelt durch die motorisierte Beschleunigung jedweden Raubbaues.

Im Gegensatz dazu war die Welt des *Peter Camenzind* ein Kontrastprogramm. Naturschilderungen von ganz unsentimentaler Kraft und Anschaulichkeit erinnerten an Herkünfte, die von den sogenannten Prioritäten des Alltags verschüttet und mundtot gemacht waren. In diesem Buch kamen sie wieder zu Wort und erlaubten dem Leser ein geradezu sinnliches Mitempfinden und ein Gefühl des Einbezogenseins, das sich abhob von der sentimentalen Naturschwärmerei des Sonntagsspaziergängers: »Viele sagen«, liest man im *Peter Camenzind*, »sie ›lieben die Natur‹, das heißt, sie sind nicht abgeneigt, je und je die ihr dargebotenen Reize sich gefallen zu lassen. Sie gehen hinaus und freuen sich über die Schönheit der Erde, zertrete. Wiesen und reißen schließlich eine Menge Blumen und Zw ab, um sie bald wieder wegzuwerfen oder daheim verwelken sehen. So lieben sie die Natur. Sie erinnern sich dieser Liebe a. Sonntag, wenn schönes Wetter ist, und sind dann gerührt über ihr gutes Herz.«

Diese Parteinahme für das Bedrohte, sei es für Pflanzen und Tiere oder den behinderten Nachbarn Boppi, machten schon dieses erste Buch Hermann Hesses, wie später noch manches andere, zu einer Programmschrift der jungen Generation und aller jener, die sich von den »Grenzen des Wachstums« betroffen fühlten. Ja, sogar Repräsentanten der Industrie, wie der AEG-Chef und spätere Reichsaußenminister Walther Rathenau, bescheinigten dem jungen Verfasser (1904 in der Zeitschrift »Die Zukunft«): »Herrlich ist die große Liebe des Schreibers zu aller Kreatur des Himmels und der Erde! Wenn er Sonne und Wolken, Berg und See, Bäume und Kräuter und lebendiges Wesen schildert und preist, so klingt durch seine Worte der Ton der Wahrhaftigkeit, der Gefühle und Gedanken, auch bekanntere und geläufige, erneut und adelt.«

Damit hatte Rathenau (in der einzigen Buchbesprechung, die er jemals veröffentlichte) etwas vorweggenommen, was bezeichnend ist für Hesses gesamte künftige Produktion, insbesondere aber seine Lyrik: Weder formale noch inhaltliche Neubildungen sind es, denen Hesses Dichtungen ihre Wirkungen verdanken, sondern es ist die Glaubwürdigkeit des selbständig Erworbenen und Erlebten, die auch dem scheinbar Vertrauten die Frische der Unmittelbarkeit und Authentizität zurückgibt.

Dieser Übereinstimmung von Geschriebenem und Gelebtem entsprach der alternative Lebensstil, den Hesse auch nach der Veröffentlichung des *Peter Camenzind* nicht nur beibehielt,

Hesses Sohn Bruno 1908 am Brunnen vor der ersten Wohnung in Gaienhofen

sondern noch kultivierte, sobald der Erfolg ihm das ermöglichte. Wie Peter Camenzind von Basel in sein Dorf Nimikon (= Sisikon bzw. Vitznau am Vierwaldstätter See), zog Hesse nun aus dieser Stadt in das damals noch weltverlassene, kaum 300 Seelen zählende Bodenseedörfchen Gaienhofen, wo er sich 1904, gleich nach der Hochzeit mit der Basler Anwaltstochter Maria Bernoulli, in einem kleinen Bauernhaus niederließ, um dort nach den Idealen Tolstois, Thoreaus und des englischen Sozialreformers William Morris ein »stadtfern-naturverbundenes, einfach-aufrichtiges Leben zu führen«. Dazu gehörte auch das Streben nach Autarkie, nach Unabhängigkeit von den zahllosen Fesseln und Ersatzbefriedigungen der Zivilisation. Hinzu kam schon damals ein starkes Bedürfnis nach Ursprünglichkeit: »Mir das Leben leicht und bequem zu machen, habe ich leider niemals verstanden. Eine Kunst aber ist mir immer zu Gebote gestanden: die Kunst, schön zu wohnen. Seit der Zeit, da ich meinen Wohnort mir selbst wählen konnte, habe ich immer außerordentlich schön gewohnt, zuweilen primitiv und mit sehr wenig Komfort, aber immer habe ich eine charakteristische, große, weite Landschaft vor meinen Fenstern gehabt ... Es wäre mir unmöglich zu leben, ohne daß die Umgebung meinen Sinnen wenigstens ein Minimum an echter Substanz, an wirklichen Bildern böte. In einer modernen Stadt, inmitten kahler Nutz-Architektur, inmitten von Papierwänden, inmitten von imitiertem Holz, inmitten von lauter Täuschung und Ersatz zu leben, wäre mir vollkommen unmöglich, ich würde da sehr bald eingehen.«

Einen Garten hatte Hesse damals noch nicht. Denn das kleine Haus am Kirchplatz ließ nur Raum für ein schmales Beet, das er längs der Wohnseite anlegte und mit Blumen und Johannisbeersträuchern bepflanzte. Nachdem aber 1905 ein erster Sohn zur Welt gekommen war und die wenigen Stuben (ohne Elektrizität

Blumenbeet. Aquarell Hermann Hesses auf einem Brief an Romain Rolland vom 6. 4. 1923

und fließendes Wasser, das vom Dorfbrunnen geholt werden mußte) allenthalben zu eng zu werden begannen, erwarb man außerhalb des Dorfes ein Grundstück für ein dann im Herbst 1907 fertiggestelltes eigenes Haus, das auch Platz genug ließ für die Anlage eines Gartens.

Es war der erste eigene Garten seines Lebens. Er ermöglichte der kleinen Familie eine weitgehende Selbstversorgung. Zugleich aber konnte sich Hesse damit einen Wunsch erfüllen, der weit zurück in die Kindheit reichte, als seine Mutter dem damals Neunjährigen im steilen Gelände hinter dem Elternhaus in der Calwer Bischofstraße ein kleines Terrassenbeet zur Bepflanzung und Pflege anvertraute. Die Erinnerung an jenen Garten der Kindheit, an die ersten spielerischen Erfahrungen mit den Gesetzen des Organischen, des Werdens, Gedeihens und Vergehens, an Blumen, Eidechsen, Vögel und Schmetterlinge, muß unauslöschlich gewesen sein. Denn sie hat nachgewirkt bis in eines seiner letzten Gedichte (»Einst vor tausend Jahren«, S. 155). So ist es begreiflich, daß er nun auch seinen eigenen Kindern, sobald sie für diese Eindrücke empfänglich wurden, zuerst im neuen Garten am Bodensee und später in Bern, diesen unmittelbaren Umgang mit der Natur ermöglichen wollte. Aus der Kamera seiner Frau Mia haben sich Fotos erhalten, auf denen man Hesses vierjährigen Sohn Bruno mit einem Kinderspaten dem Vater beim Umgraben des Bodens nacheifern sieht. Dazu heißt es in einem Tagebuch, das sie damals führte: »Bruno hat vom Großpapa kleine Gartengeräte bekommen und ist nun überglücklich, daß er seinem Papa im Garten helfen kann. Er macht alles genau nach, was er ihn tun sieht, setzt ebenso den Fuß auf den Spaten und zerteilt die Schollen – alles kunstgerecht. Einmal kommt er am Morgen zu seinem Papa und sagt: ›Butzibai will spate, kum Papi, darfsch zueluege.‹

Papi macht oft im Garten Feuer, um allerhand Abfall zu verbrennen. Einmal fehlen ihm die Zündhölzer. Da springt Bruno fort und kommt mit einer Kapuzinerblume: ›Do Papi, hesch e Fierli.‹«

Über die Folgen dieses Eifers, die Ergiebigkeit und ländlich strotzende Blütenpracht des Gaienhofener Gartens mit seinen von Blumen eingefaßten Rabatten, mehr als dreißig Obstbäumen und seiner Allee von Sonnenblumen ist von Besuchern viel berichtet worden. Einer dieser Gäste, ein junger Lehrer aus dem (auf der benachbarten Seeseite gelegenen) Landerziehungsheim Glarisegg, berichtete Jahrzehnte später in der »Gazette de Lausanne«,* Hesse habe ihn damals durch den neuen Garten geführt und dabei besonders auf den sandbestreuten Hauptweg

* Charly Clerc, »Pour la fin des vacances« in »Gazette de Lausanne« vom 5. 2. 1944.

aufmerksam gemacht: »Beachten Sie, wie schön fest dieser Weg ist. Er hat unter dem Sand ein gutes Bett, aber nicht von Stein, sondern dort unten liegt, hübsch geschichtet, die ganze deutsche Literatur von heute.« In einem Brief an seinen jüngsten Sohn vom September 1944 bestätigte Hesse diese Episode: »Wir hatten in Gaienhofen Sand die Menge, aber keine Steine, und ich hatte den Weg mit lauter unnützen Büchern und Massen von Zeitschriften unterlegt.« Das war so zweckmäßig wie unkonventionell. Denn aufgrund seiner vielgelesenen Buchbesprechungen erhielt Hesse schon damals von den Verlegern jährlich etwa 500 Bücher zum Rezensieren geschickt, deren ungeeignete er auf diese »grundlegende« Weise entsorgte.

Eine Lust am Sprengen von Konventionen, etwas Frisches, Übermütiges, ja nicht selten Drastisches blitzt aus den meisten seiner in Gaienhofen geschriebenen Briefe. Es ist das Vergnügen, dem aufwendigen Standesbewußtsein der wilhelminischen Gesellschaft einen Lebensstil von provozierender Einfachheit entgegenzusetzen und das gestelzte Gehabe der intellektuellen Kollegen durch eine lakonische Praxisbezogenheit zu verunsichern. Etwas von dieser Aversion gegen alles Feierliche und Hochtrabende spricht auch aus der damals entstandenen ersten Betrachtung über seine Erfahrungen »Im Garten«, ein Bericht, der übrigens schon alles berührt, was ihn als Künstler an dieser Tätigkeit reizte: »Es ist ja etwas von Schöpferlust und Schöpferübermut beim Gartenbau, man kann ein kleines Stück Erde nach seinem Kopf und Willen gestalten, man kann sich für den Sommer Lieblingsfrüchte, Lieblingsfarben, Lieblingsdüfte schaffen. Man kann ein kleines Beet, ein paar Quadratmeter nackten Bodens zu einem lachenden Gewoge von Farben machen.«

»Es gibt«, schrieb etwa zur selben Zeit Hugo von Hofmannsthal in seiner Betrachtung über Gärten, »im Grunde nichts, was dem Dichter so nahesteht, als ein Stück lebendiger Natur nach seiner Phantasie zu gestalten.« Denn, fährt er fort, »der Gärtner tut, was der Dichter mit den Worten tut: er stellt sie so zusammen, daß sie zugleich neu und seltsam scheinen und zugleich auch wie zum erstenmal ganz sich selbst bedeuten, sich auf sich selbst besinnen.«

Doch kaum war erreicht, wovon Hesse so lange geträumt hatte, da meldeten sich in seinem stets zwischen Seßhaftigkeit und Nomadentum schwankenden Naturell bereits Vorboten künftiger Veränderungen. »Ich freue mich nun auf das erste im eigenen Garten gewachsene Obst und Gemüse, ohne jedoch die Sehnsucht nach der Weite verloren zu haben«, schreibt er bereits im März 1908 nach Basel. Und die Frage des Malers Franz Vetter, ob er sich in seinem neuen Heim auch als Imker betätige, verneint er wegen des Angebundenseins: »Bienen habe ich nicht, auch keine anderen Tiere außer Katzen. Ich liebe alle Tiere sehr, habe aber selber keine, die Verantwortung ist mir zu groß! Entweder muß man täglich an sie denken und sie pflegen, darf nie verreisen etc., oder man muß sie Freunden anvertrauen und ein schlechtes Gewissen haben.«

Immer häufiger beginnt Hesse nun zu reisen, zunächst nach München in seiner Funktion als Mitherausgeber einer Kulturzeitschrift, dann nach Italien und auf Vortragsfahrten, die ihn kreuz und quer durch Deutschland, nach Wien, ja bis nach Prag führten. 1912, nach der Rückkehr von einem drei Monate währenden Aufenthalt in Ceylon und Indonesien, entschließt man sich, von dem erst fünf Jahre bewohnten Haus am Bodensee Abschied zu nehmen (u. a. »der langen einsamen Winter wegen«), um wieder zurück in die Schweiz zu ziehen.

»Im Garten habe ich, um diesen letzten Sommer hier recht zu

feiern, Dahlien, Malven und Nelken zu Hunderten gepflanzt«, schreibt Hesse an seinem Geburtstag, und am 23.7.1912, kurz vor der Übersiedlung nach Bern, resümiert er nicht ohne Wehmut in einem Brief an den Schriftstellerkollegen Heinrich Wolfgang Seidel: »Der Ort, an den der Postbote Ihre Sendung brachte, würde Ihnen gefallen, ich habe Wiesen und ein Dutzend Kilometer See vor den Fenstern und ums Haus her meinen bäuerlichen Garten mit vielen Dahlien, Sonnenblumen, Malven und Nelken, auch drei Buben drin, die den Himbeeren nachstellen. Die Außenseite meines Lebens hier ist hübsch und verlokkend, und ich weiß nicht, ob ich es in Bern halb so schön haben werde. Zwar habe ich dort ein altes, etwas verwahrlostes Berner Landhäuschen weit vor der Stadt gemietet, mit Garten und alten Bäumen, aber im Augenblick ist doch die Anhänglichkeit an das Bisherige größer als die Freude aufs Neue.«

Das Haus seines kurz zuvor verstorbenen Malerfreundes Albert Welti, das er nun bezog, hatte einen, im Vergleich zu Gaienhofen, geradezu herrschaftlichen Garten, mit einem Brunnen, üppigen Bosketten und einem ovalen Rasenplatz, den man über eine Freitreppe erreichte. Doch gibt es darüber, gemessen an den zahlreichen Erwähnungen seines Gartens am Bodensee, verhältnismäßig wenige Äußerungen in Hesses Briefen und Schriften. Das mag einerseits daran liegen, daß er hier etwas Vorgegebenes und bereits Fertiges antraf, das dem individuellen Gestaltungstrieb weit weniger Freiheit ließ als ein Gelände, das es erst urbar zu machen galt. Andererseits ist zu bedenken, daß schon zwei Jahre nach dem Einzug in die etwas baufällige Welti-Villa der Erste Weltkrieg ausbrach, in dessen Verlauf Hesse sich so viele zeitkritisch-journalistische Initiativen abverlangte wie nie zuvor und nie mehr später in seinem Leben und außerdem die Berner Zentrale für Kriegsgefangenenfürsorge aufbaute, Aktivitäten also, die kaum mehr Raum für ein Privatleben ließen. Deshalb ist auch die noch vor dem Krieg begonnene Erzählung »Das Haus der Träume« (benannt nach einer Lithographie des früheren Hausherrn Albert Welti) unvollendet geblieben, eine Dichtung, die den Berner Garten auf poetischere Weise darstellt als die etwa gleichzeitig notierte Erwähnung in einem Brief vom 6. 5. 1914 an den Vater und seine Schwester in Korntal: »Schade, daß Ihr nicht auf einen Augenblick auf unseren Altan kommen könnt. Auf dem ovalen Rasen auf der Süd- und Giebelseite des Hauses blüht die große schneeweiße Magnolie, ums halbe Haus her in großen Trauben die Glyzinie, daneben eine Masse von Flieder, Feuerbusch und anderem, unten im Garten Maiblumen und Tulpen. Nächstens will ich Dahlien auspflanzen, die noch im Keller liegen; sie stammen noch aus Gaienhofen, wo ich an solchen Dingen reicher war und gegen hundert Stöcke gezogen habe. Allerlei zähe Unkräuter, die in Gaienhofen die Arbeit erschwerten, fehlen hier, und der Boden ist viel besser, aber Vögel und Schnecken fressen einem alles unter der Nase weg; die gestern abend gesetzten Salatköpfe sind am Morgen nimmer da.« Und vier Tage später heißt es in einer der letzten Erwähnung des Berner Gartens vor dem Kriege (auf einer Postkarte an Othmar Schoeck, der Hesse nach Florenz eingeladen hatte): »Aber wie kann ein Gärtner im Mai abkommen? Unkraut überall, dazu Dahlien setzen, Bohnen und Gurken stechen, Karotten säen! Es geht nicht. Höhere Mächte regieren unser Leben!«

Seit Beginn des Krieges und später noch bis 1931 ist der Garten kein Thema mehr für Hesse. »Höhere Mächte« hatten nicht nur den Frieden in Europa, sondern auch den im Hause Hesse zerstört. Vorboten kündigten dies bereits an im Roman *Roßhalde*, in der fragmentarischen Erzählung »Das Haus der Träume« und wenige Jahre später in Märchen wie »Iris«. Es war das Ergebnis einer langwierigen Psychoanalyse, der sich zunächst Hesse, dann auch seine Frau Mia unterzogen.

»Drüben hinter der gläsernen Zaubermauer«, heißt es schon 1914 angesichts des Ausblicks vom »Haus der Träume« auf das Massiv der Berner Alpen, »wußte er die schönen Paradiese liegen, dort floß das Leben gut und leicht in der Unschuld angeborenen Reichtums; und das Schöne wuchs dort mit der kindlichen Natürlichkeit anmutiger Blumen empor, das der Norden nur aus Qualen der Sehnsucht und grübelnden Trotzes gebar ... Er stand auf der Seite des Nordens, des Verzichtes und der unstillbaren Sehnsucht.« Erst fünf Jahre später gelang ihm der Absprung, die Überwindung der »gläsernen Zaubermauer«, um, getrennt von seiner Familie, 1919 als »kleiner abgerissener Literat mit ausgefransten Hosen« ein neues Leben zu beginnen. »Inzwischen war Krieg gewesen, war mein Frieden, meine Gesundheit, meine Familie zum Teufel gegangen; ich hatte die ganze Welt aus neuen Gesichtspunkten sehen lernen und namentlich meine Psychologie durch das Miterleben der Zeit und durch die Psychoanalyse völlig neu orientiert«, schreibt Hesse am 6. 1. 1920 an Ludwig Finckh.

An eine bürgerliche Existenz wie ehedem, mit eigenem Haus und Garten, war nicht mehr zu denken. Zwölf Jahre lang hauste er nun zur Miete in der »noblen Ruine« eines barocken Palazzos hoch über dem Luganer See, eingewachsen vom verwilderten, steil ansteigenden Park, der in *Klingsors letzter Sommer* beschrieben ist, bildete sich zum Maler aus und schrieb dort – nachdem er mit dem *Demian* ein weiteres Mal zum Autor der jungen Generation geworden war, Werke wie *Siddhartha*, *Der Steppenwolf* sowie *Narziß und Goldmund*, welche die dritte Renaissance seiner Bücher auslösten.

Erst 1931, als ein vermögender Freund aus Zürich dem mittlerweile schon 54jährigen Dichter den Bau eines eigenen

Hauses ermöglichte und sich mit Ninon Dolbin eine Lebensgefährtin eingestellt hatte, die sich ihm unentbehrlich zu machen verstand (weil sie begriff, daß für einen Menschen wie Hesse Glück nichts anderes bedeutet als die Möglichkeit, für seine Arbeit zu leben), konnte erneut ein Leben gewagt werden, demjenigen ähnlich, das er in Gaienhofen und dann in Bern geführt hatte, ein Leben, das auch wieder Platz für einen eigenen Garten bot. Nur hatte diesmal der Garten für Hesse eine etwas andere Funktion als damals, als er noch Bestandteil eines auf Selbstversorgung und Distanz von den Abhängigkeiten der Zivilisation bedachten Lebens war.

Im Laufe der Jahre nämlich hatten seine Beschwerden mit den Augen (die 1901 durch eine verfehlte Operation der bei Erkältung zur Entzündung neigenden Tränenkanäle ausgelöst wurden) wegen einer fortschreitenden Arthrose mit Sehnenverkürzung so sehr zugenommen, daß längere Lektüre und Arbeit am Schreibtisch immer häufiger zu Krämpfen der Akkomodationsmuskeln und schweren Neuralgien in der oberen Gesichtshälfte führten. Deshalb brauchte er dringend einen Arbeitsrhythmus, der es den Augen ermöglichte zu regenerieren. Zwischenzeitlich hatte ihm dabei schon das Malen geholfen. Aber auch das war mit einer Konzentration und Anspannung der Augen verbunden, die ihn im Laufe der Jahre stärker ermüdete als die Arbeit im Freien. Deshalb bekam nun die Gärtnerei für ihn den Sinn einer »Hygiene und Ökonomie«, wie er es 1954 rückblickend in seinen *Notizblättern um Ostern* bezeichnete: »Ich brauche, wenn die Schmerzen in Augen und Kopf zu lästig werden, einen Wechsel, eine physische Umstellung. Die in langen Jahren zu diesem Zweck erfundene gärtnerische und köhlerische Scheinarbeit hat nicht nur dieser körperlichen Umstellung und Entspannung zu dienen, sondern auch der Meditation, dem Fortspinnen von Phantasiefäden und der Konzentration von Seelenstimmungen.«

So prachtvoll gelegen das im Juli 1930 erworbene, elftausend Quadratmeter große Grundstück auf einem Südhang oberhalb des Dorfes Montagnola war, mit seinem herrlichen Ausblick über das Seetal auf die Berge des italienischen Ufers, zur Anlage eines Gartens jedoch war dieses recht steile und steinige Weinberggelände denkbar ungeeignet. Gleichwohl versuchte man ihm abzugewinnen, was gärtnerisches Geschick irgend vermochte.

Nach Hesses Devise, »das bißchen Freiheit dazu anzuwenden, den Willen der Natur zu meinem zu machen«, wurde das Grundstück nun von einer Gartenfirma, ohne einschneidende Flurbereinigungen, also unter weitgehender Beibehaltung der Struktur des Geländes, mit Humus, Stützmauern, Treppen und Wegen urbar gemacht, eine Quelle gefaßt, Bäume gepflanzt und unter den zwei Dutzend Kastanien am Waldrand eine Bocciabahn angelegt. Zentrum des Gartens blieb der Weinberg, den Hesse am liebsten verpachtet hätte. Da sich aber kein Interessent dafür fand, mußte ein Taglöhner beschäftigt werden, um nicht zuletzt auch bei der Ernte der 700 Kilo Weintrauben anzupakken, die es von nun an alljährlich einzubringen galt. Beete für Blumen, Erdbeeren, Gemüse, Salate und Kräuter wurden auf den unteren Terrassen angelegt, während auf den schmalen oberen die Weinreben standen.

Da Hesse ein »Abendmensch« war, der außer seiner Korrespondenz alle schriftliche Arbeit bevorzugt nachmittags und abends besorgte, legte er seine »Stunden im Garten« in der Regel auf den frühen Vormittag. Auf welche Weise er diese Zeit verbrachte, ist in der gleichnamigen Verserzählung nachzulesen, die er im Sommer 1935 zum 60. Geburtstag seiner Schwester

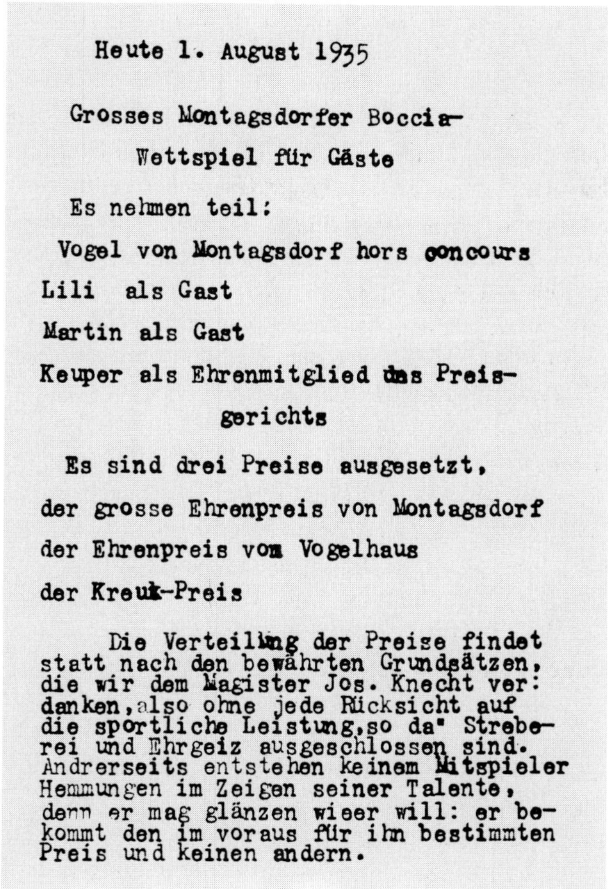

Heute 1. August 1935

Grosses Montagsdorfer Boccia-Wettspiel für Gäste

Es nehmen teil:

Vogel von Montagsdorf hors concours
Lili als Gast
Martin als Gast
Keuper als Ehrenmitglied des Preisgerichts

Es sind drei Preise ausgesetzt,
der grosse Ehrenpreis von Montagsdorf
der Ehrenpreis vom Vogelhaus
der Kreuk-Preis

Die Verteilung der Preise findet statt nach den bewährten Grundsätzen, die wir dem Magister Jos. Knecht ver: danken, also ohne jede Rücksicht auf die sportliche Leistung, so da' Streberei und Ehrgeiz ausgeschlossen sind. Andrerseits entstehen keinem Mitspieler Hemmungen im Zeigen seiner Talente, denn er mag glänzen wieer will: er bekommt den im voraus für ihn bestimmten Preis und keinen andern.

Von Hesse (= Vogel vom Montagsdorf) getippte Ankündigung eines Boccia-Wettbewerbs am schweizerischen Nationalfeiertag (Lily = Lilly Kehlmann, Schwester von Hesses Frau Ninon; Martin = jüngster Sohn Hesses; Keuper = Ninon Hesse). Mit einer Anspielung auf Josef Knecht, die Hauptgestalt von Hesses Alterswerk »Das Glasperlenspiel«

Adele geschrieben hat. Dieses Gedicht, an vier Julitagen entstanden, besteht aus einigen hundert Hexametern, jener Versform aus der Antike also, die Homer, Ovid und Vergil verwandten und die in der deutschen Literatur u. a. von Klopstock, Salomon Gessner, Goethe (*Hermann und Dorothea, Reineke Fuchs*) und Thomas Mann für seinen *Gesang vom Kindchen* benutzt wurde.

Kein Versmaß taugt in seiner Sprachmelodie und Ausdrucksgebärde so sehr zur Darstellung des behaglich Bukolischen wie der Rede-Rhythmus des Hexameters. Gleichzeitig aber eignet sich sein etwas feierlicher Duktus auch vorzüglich für humoristisch-ironische Wendungen, die Hesse immer dann einsetzt, wenn er das Bescheidene, Idyllische und scheinbar Anachronistische seiner Tätigkeit in Beziehung bringt zu den Aufdringlichkeiten des Zeitgeistes. Das mochte auch Karl Korn im Auge gehabt haben, als er sich anläßlich einer Neuausgabe der *Stunden im Garten* erinnerte: »Damals in Deutschland, als es einiger List bedurfte, um sich dem öffentlichen Geschrei und den Aufmärschen zu entziehen, kam bei G.B. Fischer ein bibliophil ausgestattetes Buch heraus... Es hieß *Stunden im Garten* und war ein Nachkömmling aus dem heute von Literaten verpönten Literaturzweig, der mit Vergils Georgica beginnt. Hesse vermittelte in dem anmutigen Buch nichts weiter als seine Gartenfreuden in Montagnola hoch über dem Luganer See, wo es noch keine High Snobiety gab, sondern nur Winzer, Gärtner, Bauern... Dazu gehörte ein verbeulter, breitkrempiger Strohhut, wie ihn auch die großen französischen Landschaftsmaler in und vor der Natur getragen haben, die Renoirs und Cézannes... Inzwischen ist aber das Georgische literarisch so verfemt, daß sich kaum ein Literat noch diesen Eskapismus aus den sozialen und politisch-ideologischen Zwängen mehr leistet.«

Diesen Zwängen ist Hesse nie ausgewichen. Er hat ihnen mit

dem (1931-1942 entstandenen) *Glasperlenspiel* ein eigenes, alternatives Weltbild entgegengesetzt, ein pädagogisches Modell, das die politischen Polarisierungen auf eine ganz undogmatische und interdisziplinäre Weise unterwandert und aufhebt. Den Betroffenen aber, den Opfern jener »politisch-ideologischen Zwänge«, hat er sein Haus geöffnet, hat Hunderte von Emigranten und unzählige von hilfsbedürftigen Besuchern mit tatkräftiger Teilnahme unterstützt, hat ihnen mit Obdach, finanzieller, beratender und praktischer Hilfe (Bürgschaften, Gutachten, Visavermittlung etc.) beigestanden – von der aufklärenden und karitativen Funktion seiner vielen tausend Antworten auf Zuschriften von Ratsuchenden aus allen Lagern und Ländern ganz zu schweigen. Den Freiraum dessen, was ein einzelner tun kann gegen die Übermacht kollektiver Katastrophen, hat Hesse ausgeschöpft bis an die Grenzen seiner Leistungsfähgikeit. In diesem Umfeld ist seine Gartenidylle entstanden. Ihre damals wie heute provozierende Bedächtigkeit ist nichts anderes als ein bewußtes Retardieren des verhängnisvollen Aktivismus und eine Erinnerung an Ordnungen, auf die jenseits der Turbulenzen der Zeitgeschichte Verlaß ist, »so wie auf die Blumen, die schließlich in ihrer alljährlichen Wiederkehr auf den Wiesen vieltausendjährig und unwiderlegbar sind, während Weltreiche, Dynastien und Nationen hinwelken und morgen nicht mehr sein werden«.

Solche Besinnung auf das Beständige im Wechsel erschließt uns inmitten von Betriebsamkeit, Hektik, Reizüberflutung und den Zumutungen der Politik einen Schwerpunkt, der skeptisch macht gegenüber jedem Ehrgeiz, der »Geschichte aus Ideen gestalten will, denn es ist leider die Welt nun so beschaffen, daß dieser Trieb ... am Ende zu Blut und Gewalt und Krieg führt ... Also setzen wir möglichst dem Weltlauf auch in drangvoller Zeit jene Ruhe der Seele entgegen, und tun wir das Gute, ohne an

Ändrung der Welt gleich zu denken; auch so wird sichs lohnen« *(Stunden im Garten)*.

So kontemplativ diese Haltung auch anmuten mag, sie deckt sich merkwürdig genau mit der Devise eines Tatmenschen wie Luther: »Auch wenn morgen die Welt unterginge, würde ich noch heute mein Apfelbäumchen pflanzen.«

Frankfurt am Main, im August 1991

Volker Michels

Quellennachweis

Im Garten: Erstdruck in »Neues Wiener Tageblatt« vom März 1908. Aufgenommen in H. Hesse, »Kleine Freuden«. Kurze Prosa aus dem Nachlaß. Herausgegeben von Volker Michels, Frankfurt am Main 1977.

Garten der Kindheit: Aus der Erzählung »Der Zyklon«, 1913. In H. Hesse, »Gesammelte Erzählungen«, Frankfurt am Main 1977.

Die Innenwelt der Außenwelt: Aus H. Hesse, »Demian«. Die Geschichte von Emil Sinclairs Jugend, Berlin 1919. In H. Hesse, »Gesammelte Werke«, Bd. 5, Frankfurt am Main 1987.

Am Bodensee: Aus dem Gedenkblatt »Beim Einzug in ein neues Haus«, 1931. Aufgenommen in H. Hesse, »Gedenkblätter«, Frankfurt am Main 1984.

Bäume: aus H. Hesse »Wanderung«, Berlin 1920.
In H. Hesse, »Gesammelte Werke«, Bd. 6, Frankfurt am Main 1987.

Abschied vom Bodensee: Aus der Betrachtung »Umzug«, Erstdruck in »Neues Wiener Tageblatt« vom 13. 10. 1912 und aus dem Gedenkblatt »Beim Einzug in ein neues Haus«, 1931 a. a. O.

Klage um einen alten Baum: Erstdruck in »Berliner Tageblatt« vom 16. 10. 1927. Aufgenommen in H. Hesse, »Die Kunst des Müßiggangs«. Kurze Prosa aus dem Nachlaß. Herausgegeben von Volker Michels, Frankfurt am Main 1973.

Das verlorene Taschenmesser: Erstdruck in »Vossische Zeitung«, Berlin vom 14. 9. 1923. In H. Hesse, »Die Kunst des Müßiggangs«, 1973, a. a. O.

Gegensätze: Erstdruck u. d. T. »Hochsommertag im Süden«. In »Berliner Tageblatt« vom 9. 7. 1928. Aufgenommen in H. Hesse, »Die Kunst des Müßiggangs«, 1973 a. a. O.

Zinnien: Erstdruck u. d. T. »Spätersommerblumen«. In »Berliner Tageblatt« vom 23. 8. 1928. Aufgenommen in H. Hesse, »Die Kunst des Müßiggangs«, 1973, a. a. O.

Zwischen Sommer und Herbst: Erstdruck in »Berliner Tageblatt« vom 4. 9. 1930. Aufgenommen in H. Hesse, »Kleine Freuden«, 1977, a. a. O.

Verantwortlich für ein Stückchen Erde: Aus dem Gedenkblatt »Beim Einzug in ein neues Haus«, 1931 a. a. O. und aus der Betrachtung »Tessiner Herbsttag«. Erstdruck in »Die neue Rundschau«, Berlin vom September 1932. In H. Hesse, »Gesammelte Werke«, Bd. 10, Frankfurt am Main 1987.

Stunden im Garten: Erstdruck in »Die neue Rundschau«, Berlin vom

September 1935. Einzelausgabe Insel-Bücherei Nr. 999. Frankfurt am Main 1976.

Der Pfirsichbaum: Erstdruck »Neue Zürcher Zeitung« vom 10. 3. 1945. In H. Hesse, »Gesammelte Werke«, Bd. 8, Frankfurt am Main 1987.

Rückverwandlung: Aus »Notizblätter um Ostern«, 1954. Aufgenommen in H. Hesse, »Briefe an Freunde«. Rundbriefe 1946-1962. Frankfurt am Main 1977.

Tagebuchblätter: Aus »Tagebuchblätter«, 1955. Erstdruck in »Neue Zürcher Zeitung« vom 16. 3. 1955 und 4. 7. 1955. Aufgenommen in H. Hesse, »Kleine Freuden«, 1977, a. a. O.

»Wie eine verlorene Heimat«: Gartengedanken aus Briefen Hermann Hesses: An Emil Molt vom 6. 10. 1916, an Karl Maria Zwissler vom Mai 1932, an Georg Reinhart vom Juli 1932, an Helene Welti vom 23. 7. 1932, an Cecilie Clarus um 1933, an Olga Diener vom 5. 6. 1933, an Georg von der Vring vom Sommer 1933.

»Des Löwen Klage« ist ein Gelegenheitsgedicht, das Hesse einigen Briefen an nähere Freunde beilegte. »Kurzer Gartenbericht« an Gunter Böhmer vom 20. 2. 1934. An Karl Isenberg vom April 1934, an Alfred Kubin vom Dezember 1934, an Alfred Kubin vom Frühsommer 1935, an Hans Sturzenegger vom Dezember 1935, an Alfred Kubin vom März 1938, an seinen Sohn Martin vom April 1940, an Sascha und Ernst Morgenthaler vom Januar 1941, an Baronin Hennet vom März 1942, an Paul A. Brenner vom Herbst 1942, an Ernst Kappeler vom März 1944, an seinen Sohn Bruno vom Februar 1945, an Siegfried Seeger, Ende Juli 1954, an Curt Wiedwald vom Januar 1949, an Erwin Ackerknecht vom Mai 1954, an Johanna Attenhofer vom Herbst 1955.

Das Haus der Träume: Erstdruck in »Der schwäbische Bund«, Stuttgart vom November 1920. Aufgenommen in H. Hesse, »Gesammelte Erzählungen«, Frankfurt am Main 1977.

Iris: Erstdruck in »Die neue Rundschau«, Berlin vom Dezember 1918. Aufgenommen in H. Hesse, »Die Märchen«, Frankfurt am Main 1975.

Die Gedichte wurden der Edition H. Hesse, »Die Gedichte«, Frankfurt am Main 1977, entnommen, außer den Gedichten »Düfte« und »Des Löwen Klage«, die hier erstmals abgedruckt werden.

Hermann Hesse
im Suhrkamp und im Insel Verlag
Eine Auswahl

Hermann Hesse Lesebücher
Zusammengestellt von Volker Michels

Eigensinn macht Spaß. Individuation und Anpassung.
204 Seiten. Gebunden

Die Einheit hinter den Gegensätzen. Religionen und Mythen.
207 Seiten. Gebunden

Das Leben bestehen. Krisis und Wandlung.
208 Seiten. Gebunden

Jedem Anfang wohnt ein Zauber inne. Lebensstufen.
207 Seiten. Gebunden

Mit dem Erstaunen fängt es an. Herkunft und Heimat.
Natur und Kunst. 206 Seiten. Gebunden

Wer lieben kann, ist glücklich. Über die Liebe.
223 Seiten. Gebunden

Das Lied des Lebens. Die schönsten Gedichte.
240 Seiten. Gebunden

NF 212b/1/4.00

Biographien

Hugo Ball. Hermann Hesse. Sein Leben und sein Werk. st 385. 194 Seiten

Ralph Freedman. Hermann Hesse. Autor der Krisis. Eine Biographie. Übersetzt von Ursula Michels-Wenz. st 3088. 540 Seiten

Hermann Hesse. Sein Leben in Bildern und Texten. Herausgegeben von Volker Michels. Vorwort Hans Mayer. Gestaltet von Willy Fleckhaus. Autoren-Bildband. st 3218 und it 1111. 365 Seiten

Hermann Hesse. Schauplätze seines Lebens. Mit zahlreichen Fotografien. Herausgegeben von Herbert Schnierle-Lutz. it 1964. 352 Seiten

Marie Hesse. Ein Lebensbild in Briefen und Tagebüchern. Mit einem Essay von Siegfried Greiner. Lithographien von Gunter Böhmer. it 261. 261 Seiten

Gisela Kleine. Zwischen Welt und Zaubergarten. Ninon und Hermann Hesse. Ein Leben im Dialog. Mit Fotografien. st 1384. 643 Seiten

Volker Michels. Hermann Hesse. Leben und Werk im Bild. Mit dem »Kurzgefaßten Lebenslauf« von Hermann Hesse. it 36. 235 Seiten

Theodore Ziolkowski. Der Schriftsteller Hermann Hesse. Wertung und Neubewertung. Übersetzt von Ursula Michels-Wenz. 271 Seiten. Gebunden

NF 212b/2/4.00

Über Hermann Hesse

Über Hermann Hesse. Erster Band (1904-1962). Herausgegeben von Volker Michels. st 331. 473 Seiten

Über Hermann Hesse. Zweiter Band (1963-1977). Herausgegeben von Volker Michels. st 332. 523 Seiten

Dank an Hermann Hesse. Reden und Aufsätze. 120 Seiten. Englische Broschur

Hermann Hesse in Augenzeugenberichten. Herausgegeben von Volker Michels. st 1865. 553 Seiten

Eugen Drewermann. Das Individuelle gegen das Normierte verteidigen. Zwei Aufsätze zu Hermann Hesse. Mit einem Nachwort von Volker Michels. st 2458. 90 Seiten

Siegfried Unseld. Begegnungen mit Hermann Hesse. st 218. 268 Seiten

Siegfried Unseld. Hermann Hesse. Werk und Wirkungsgeschichte. Mit zahlreichen Abbildungen. it 1112. 414 Seiten

Briefwechsel

Ninon Hesse. »Lieber, lieber Vogel«. Briefe an Hermann Hesse. Herausgegeben von Gisela Kleine. Mit Abbildungen. 620 Seiten. Gebunden

NF 212b/3/4.00

Hermann Hesse/Thomas Mann. Briefwechsel. Herausgegeben von Anni Carlsson und Volker Michels. Mit Fotografien und Abbildungen. 378 Seiten. Leinen

Hermann Hesse/Peter Suhrkamp. Briefwechsel 1945-1959. Herausgegeben von Siegfried Unseld. 507 Seiten. Leinen

Gedichte

Bäume. Betrachtungen und Gedichte. Mit Fotografien. Ausgewählt von Volker Michels. st 1308. 196 Seiten

Wolken. Betrachtungen und Gedichte. Mit Bildern von Thomas Schmid. Herausgegeben und Nachwort von Volker Michels. it 2367. 192 Seiten

Die Gedichte. 1892-1962. Neu eingerichtet und um Gedichte aus dem Nachlaß erweitert von Volker Michels. st 381. 831 Seiten

Stufen. Ausgewählte Gedichte. BS 342. 239 Seiten

Hermann Hesse als Maler

Farbe ist Leben. Eine Auswahl seiner schönsten Aquarelle. Vorgestellt von Volker Michels. it 1810. 173 Seiten

Hermann Hesse als Maler. Vierundvierzig Aquarelle. Ausgewählt von Bruno Hesse und Sandor Kuthy. Mit Texten von Hermann Hesse. Zusammengestellt von Volker Michels. 119 Seiten. Leinen

NF 212b/4/4.00